현대신서

KB164989

자키 피죠

김선미 옮김

東 文 選

몸의 시학

Jackie Pigeaud

POÉSIE DU CORPS

차 례

단언하건대, 만일 인간이 하나로 이루어져 있었다면,
그는 결코 고통을 겪지 않았을 것이다.

— 히포크라테스, 《인간의 본질》

1

나르시스, 혹은 내면성 부재의 인간
자기 인식의 실패

표피, 표피! 표피만 남아 있을 뿐이다! 인간이 윤곽과 표피만 갖고 있던 때가 있었다. 때론 겉가죽이 벗겨진 닭처럼 피를 흘리곤 했었다. 그래서 사람들은 어쩌면 무엇인가가 내면에 자기의 지정석을 마련했을지도 모른다고 생각했었다.

나르시스의 전설을 모르는 사람은 없을 것이다. 그 전설의 주된 줄거리를 간략하게 얘기해 보려 하는데, 표현의 음악적 의미에 있어서는 전설의 내용이 다양해질 수 있다.

한 청년이 자기의 사랑뿐만 아니라 에코 님프의 사랑까지 거절한 나르시스를 저주한 이후, 젊은 나르시스는 연못에 비친 자신의 상을 보고 반해서 껴안으려 하지만 그것이 불가능한 것을 알고 실의에 차서 죽게 된다. 코논·파우사니아스·필로스트라토스 등도 이 전설을 다루었다. 하지만 내가 우선 다루려 하는 줄거리는 오비디우스가 쓴 《변신 이야기》 III의 407 이하 부분이다.

"은빛으로 눈이 부시도록 빛나는 맑은 샘이 있었다. 어떤 목동도 산으로 풀을 먹이기 위해 데려가는 염소를 그 샘 쪽으로 몰지 않았고, 다른 가축들도 마찬가지였다. 새들이나 산짐승도, 심지어는 떨어지는 어떤 나뭇가지도 그 샘을 혼탁하게 만들지 않았다. 샘은 잔잔한 물결이 맞닿아 있는 주위의 풀들을 촉촉이 적셨고, 위로 우거진 숲은 뜨거운 햇빛으로부터 그 장소를 가리고 있어서 샘물은 늘 시원했다."(오비디우스의 《변신 이야기》, III, 407-412)

먼저 신세계, 순수하고 정결하고 시련을 당한 적이 없는 샘이 눈에 띈다. 이런 원초적인 세계에는 이상야릇한 장소가 필수적이다. 그 세계는 나르시스처럼 아무런 경험을 하지 못했다. 그 세계는 반사된 모습을 한번도 본 적이 없었던 것이다. 절대적인 시작에 있어서 이런 분위기는 모험을 떠나는 데 필연적이다.

"그때 사냥과 더위로 지친 나르시스는 샘 주위의 풍경과 샘물의 아름다움에 이끌려 그곳에 털썩 주저앉았다. 갈증을 풀려고 샘물을 마시려던 나르시스는 또 다른 갈증을 느꼈다. 그리고 물을 마시는 동안, 나르시스는 바라보는 아름다운 상(image)에 사로잡힌다. **나르시스는 육체 없는 희망을 갈망하고 만다. 그가 생각하는 육체는 물로 되어 있다.** 자기 자신 때문에, 자기와 똑같은 얼굴에 반해서 꼼짝하지 않는 나르시스는 파로스 섬 대리석으로 만들어진 조각상 같다. 그는 **바닥에 엎드려서 별처럼 빛나는 두 눈**, 바쿠스나 아폴로와 비길 만한 곱슬곱슬한 머리카락, 수염 없이 매끈한 뺨, 상아같이 희고 긴 목, 아름다운 입술,

그리고 백설처럼 빛나는 피부와 조화롭게 어울려 있는 홍조를 응시한다. 하여간 나르시스는 자기 자신을 경탄할 만한 존재로 만드는 그 모든 것들에 감탄한다."(424)

먼저 갑작스런 출현이 있다. 나르시스는 바라보여지는 대상의 아름다움에 충격을 받고, 호흡이 멎을 정도로 놀란다.

조각상과 색채의 묘사가 즉시 드러난다. 나르시스는 조각상처럼 부동이면서 다양한 색채를 띠고 있다. 이제 색채에 더 관심을 기울여 보자.

붉은 피와 빛나는 백색은 고대인들에게 있어서 아름다움을 나타내는 색채이며, 특히 여인들의 아름다움을 표현했다. 스토아학파 철학자 발부스가 상기했던 것처럼, 키케로에 의하면 두 색의 결합으로 도데카네스 섬의 이름난 비너스는 인기를 누렸다. "이 유명한 붉은빛이 점점 번져 빛나는 백색과 섞였도다." 붉은 핏빛과 백색, 생명을 나타내는 이 색채들은 시가 점점 진행됨에 따라 곧 죽음을 나타내는 붉은 피와 눈 같은 백색으로 바뀐다. 라틴어 시는 그 색채들을 진동하게 만들 줄 알았다. 카툴루스가 쓴 시 63편에 보면, 아티스는 자신의 남근을 잘라냄으로써 '하체를 무겁게 한 것'으로부터 자유의 몸이 됐고, 그런 후 그는/그녀는 키벨레의 신관이 된다. "그러므로 아티스가 아직도 선명한 붉은 피로 땅을 적시고 있는 남근이 떨어져 나가 자기의 몸이 편안해짐을 느끼자 곧바로 조바심이 났던 신들의 어머니, 신비에 가려져 있는 키벨레는 눈처럼 흰 손으로 가벼운 북을 집어들었다."

그 색들은 생명의 색이면서 죽음의 색인 동시에 사랑의 색이기도 하다. 여기서 페르스발을 상기하지 않을 수 없다. 말은 멈추어 섰고, 창에 기댄 페르스발은 상처입은 집오리가 흘린 눈 위의 선명한 피를 바라보는 데 몰입한다. 페르스발은 상처입은 집오리를 보자 자기 연인의 얼굴을 떠올렸던 것이다.

감탄할 만한 대목에서는 나르시스가 수면을 건드리자 더 이상 아무것도 보이지 않게 되고, 나르시스는 소름끼치도록 상처를 입는다. "나르시스의 눈물이 떨어져 샘물에 파문이 일자 형상도 그 파장으로 인해 어둠 속으로 사라졌다."……"나르시스는 **대리석처럼 하얀** 자기의 벌거벗은 가슴을 **손으로** 내리쳤다. 주먹에 맞은 가슴 부분은 붉은 장밋빛으로 물들었다. 그것은 종종 과일의 한쪽은 붉고 나머지 반쪽은 덜 익어서 눈이 부실 만큼 흰색을 띠거나, 혹은 덜 익은 포도송이가 **군데군데 보랏빛**을 띠고 있는 것과 흡사했다."(481-485)

나르시스는 죽어간다. "이제 홍조를 띠었던 희디흰 나르시스의 안색은 그 빛을 잃었다."

오비디우스는 외관 이상으로 독자들을 우선 색상에 빠져들게 한다.

앞에서 나는 조각상, 파로스 대리석에 대해 언급했었다. 나르시스는 대리석 조각상처럼 움직이지 않았다. 실물과 완벽하게 흡사한 거울에 비친 상과 예술이 제공할 수 있는 실물과 유사한 상을 비교하면서 아풀레이우스는 다음과 같이 적었다.(《변명》, 14)

"인간의 손으로 창조된 모든 상은 오랜 노력 끝에 완성된다. 하지만 사람들은 거울에 비친 자신의 상에서 완벽성을 느끼는 것만큼 손으로 만들어진 형상에서는 흡사한 모습을 발견하지 못한다. 진흙의 단단함, 돌의 색감, 색칠의 치밀함, 그리고 모든 동적 표현이 부족한 것이 사실이다……."[1]

지금까지 살펴본 것같이 우리는 절대적 부동 상태인 잔잔한 물이 갖고 있는 위선을 목전에 두고 있다. "혹시, 살랑바람이 한 자락 불어 와/수면에 파문이 일게 된다면……." 그러면 모두 잃어버리고 마는 것이다. 우리는 다음에 물로 인한 혼란을 볼 것이다.

욕망

"나르시스는 자기 자신을 갈망하고 있다. 비상식적인 일이다. 나르시스는 숭배자인 동시에 피숭배자가 되는 셈이다. 그가 갈망하는 대상은 결국 자기 자신이었다. 즉 태우면서 동시에 자신도 같이 타는 것과 흡사했다. 나르시스는 기만하는 샘물에 헛되이 입맞춤을 했다! 물 한가운데로 손을 담그며 물에 언뜻 비친 자신의 목을 여러 번 껴안으려 했지만 부질없는 짓이었다!

---

1) 리고의 화풍은 난해하다. 여기에선 발레트가 번역한 **입체감**보다는 엄격성, 즉 윤곽의 정확성이 관건인 것 같다.

나르시스는 자기가 보고 있는 대상을 알아보지 못하고, 다만 그 대상으로 인해 가슴을 태운다. 마찬가지로 그 오인으로 인해 나르시스의 시선은 속게 되고 흥분하게 됐다. 순진한 나르시스여, 그대는 왜 그토록 **덧없는 환상**을 붙잡으려고 전력을 다하는 건가? 그대가 찾고 있는 것은 이 세상 어느곳에도 존재하지 않는다. 돌아서 보라, 그러면 그대가 사랑하는 모습도 사라지고 만다. **그대가 보고 있는 것은 그대의 상이 반사되어 비치는 그림자에 지나지 않는다.** 그 그림자는 실체가 아니다. 그대로 인해 그림자는 생겨나 머물다가, 그대와 함께 그림자도 사라지고 만다. 만일 그대가 그곳을 떠날 수만 있다면 말이다. 먹이 사냥이나 휴식에 관한 근심도 나르시스를 그림자로부터 떼어 놓을 수 없었다. 나르시스는 짙푸른 풀 위에 배를 깔고 엎드려서 탐욕스런 시선으로 아름다움의 허상(형태)을 응시하고 있다. 결국 자신의 시선 때문에 나르시스는 죽어간다."(440)

사람들은 잘못 해석할 수도 있다. 시의 영역 혹은 시적 순간에 속하는 것을 수사학으로 다루지 않도록 주의하자. 다음의 표현들이 그 예에 속한다. "그가 갈망하는 대상은 결국 자기 자신이었다. 즉 태우면서 동시에 자신도 같이 타는 것과 흡사했다." 물론 이 문장은 문체의 순수한 결과처럼 보일 수도 있지만 결코 그렇지 않다. 우리에게 단순히 보일 수 있는 기법에 가치를 재부여해야 된다.

흡사한 모습은 역시 두 개이어야 한다. 사랑하기 위해선, 설사 상대방이 자기 자신이라 하더라도 두 존재가 필요하다.

447: "연인을 소유하고자 하는 너무나 엄청난 오인 때문에 …… 나르시스는 사랑하기 시작했다." 그런데 누구를 사랑하게 된 것인가? 여기서 오인은 광적인 것을 의미한다. 요컨대 그것은 지각하고 있는 현실과 그 현실의 의미에 대한 오인인 것이다.

448: "고통이 절정에 달하는 이유는 광대한 바다나 머나먼 길, 높은 산이나 성문이 굳게 닫힌 성벽이 아닌 **바로 하찮은 물이 우리 사이를 갈라놓고 있기 때문이다**. 그 역시 내 가슴에 안기고 싶어한다. 왜냐하면 내가 맑은 물에 입술을 갖다댈 때마다 그 역시 **나를 향해 입술을 내밀며** 나에게 다가오고 싶어하기 때문이다."

'나를 향해 입술을 내밀며' 입맞춤을 하고 욕망을 채우려 한다. 비너스와 마르스의 만남을 환기하며 루크레티우스가 읊은 아름다운 시를 생각해 보자.

"……전쟁의 치열한 작전을 지휘하는 군신 마르스는 뒤로 쓰러지며 그대의 품안에 안겨, 사랑의 영원한 상처를 입어 둥근 목덜미를 기댄다. 마르스는 눈을 들어 사랑의 대상을 열렬히 바라본다. 사랑의 여신이여, **마르스는 그대에게 입술을 벌린 채로 고개를 떨구고, 마르스의 숨결은 그대의 입술을 갈망한다**. 사랑의 여신, 그대는 마르스가 길게 누워 있는 동안 아낌없이 그대의 신성한 몸으로 마르스를 품어 주고 그대의 입술을 통해 사랑스런 말을 불어넣는다. 그리고 오 존경스런 여신, 그대는 로마인들에게 화평을 간구한다."

의식과 자기 인식

나르시스에 관한 테이레시아스의 예언인, 그래요, 나르시스는 오래오래 살 겁니다. "그가 자기 자신을 알지 못한다면 말이죠"(348절)를 상기해 보아야 한다. 나르시스는 자기 자신을 알지 못했더라면 매우 행복하게 살아갈 수 있었을 것이다. 다시 말하면 우선 그가 사랑에 빠지게 되는 대상을 보지 않았더라면, 그리고 그 대상이 결국 자기 자신이었다는 사실을 몰랐더라면 말이다. 우리는 델포이의 아폴로 신전에 새겨져 있고, 소크라테스가 말한 "너 자신을 알라"라는 권고의 반대편에 서 있다. 아니 어쩌면 우리는 델포이의 아폴로 신전에 새겨져 있는 명령구가 새겨지기 이전 시대에 있는지도 모르겠다. 나르시스가 자신을 깨닫게 되는 순간이 불행의 시작이었다.

자신을 알기 위해선 타자, 상대방이 필요할지도 모른다. 타자란 존재 없이, 나는 이 근본적이고 절대적인 분리를 해낼 수 있을까? 이토록 확연한 타자와의 분리를 하는 데 어떤 힘든 작용이 전제되는 것일까? 물에 비친 형상에 넋을 잃을 각오를 하고 말이다. 자화상을 보고 느끼는 고통은 분열을 통해 감지되어지는 것인가? 상황은 다르게, 다시 말해서 순조롭게 잘 진행될 수도 있었을 것이다. 마리보가 쓴 《다툼》의 서두를 한번 떠올려 보면, 마리보가 오비디우스를 염두에 두었음이 틀림없다. 마리보는 성의 불안정의 기원이 남자인지 혹은 여자인지 알아보기 위해서, 남·여라는 성의 분리에 무지한 남자 셋과 여자 셋을 시골 외딴 곳에 격리시켜 놓고 양육을 하면서 인류의 시발을 재구성했다. 결국 세상에서 사랑의 모험은 다시 시작되었고, 상황의 진척을 살펴볼 수 있었다. 자신을 여자나 한 개체로 알고 있지 못하는 에글레가 질문한다. "땅 위를 흐르고 있는 이 물이 도대체 무엇인가요? 내가 살던 곳에선 이와 유사한 것을 전혀 보지 못했습니다." 카리스가 이에 대답한다. "당신은 처음 볼 거예요. 이것은 바로 시냇물이라는 것입니다." 시냇물을 바라보며 에글레가 말한다. "어머나! 카리스, 이리 가까이 와서 시냇물을 한번 들여다보세요. 시냇물 속에 무엇인가가 살고 있어요. 시냇물은 꼭 사람 같군요. 내가 시냇물 때문에 놀란 것처럼 시냇물의 사람도 나 때문에 똑같이 놀란 듯해요." 카리스가 **웃으면서** 대답한다. "그런 게 아니에요. 당신이 보고 있는 것은 바로 당신 자신이에요. 시냇물들은 모두 이런 반사 작용을 한답니다." 그러자 에글레가 묻는다 "정말인가요? 저게 바로 나인가요? 내 얼굴이란 말인가요?" 카리스가 대답한다. "물론이지요." 에글레가 말한다. "하지만 당신도 잘 아시다시피 물에 비친 모습은 너무나 잘생겼고 매력적인 대상이네요? 더 일찍 그 사실을 알지 못했다는 것이 참 유감이에요." 카리스가 대답한다. "정말이지 당신은 참 예뻐요." 에글레가 반문한다.

"예쁘다고요? 놀라워요! 나는 이 사실을 발견해 내서 정말 기뻐요. 시냇물은 판에 박은 듯한 내 얼굴을 하고 있어서 내 마음에 쏙 든답니다…… 나는 평생을 내 자신을 응시하며 살 거예요. 이제부터 내 자신을 사랑하겠어요!"

홀로였던 나르시스에게 부족했던 것이 바로 이 교훈이다.

피에르 하도[2]의 지적처럼 나르시스가 자기 자신을 사랑한 것은 아니다. 나르시스가 사랑에 빠지게 된 것은 사실 자기가 본 물에 비친 형상이 아름다웠기 때문이다. 그는 형상을 사랑하게 된 것이다. 라틴어의 **포르마**(forma)라는 한 단어는 형상과 아름다움, 이 두 가지 의미를 갖고 있다.

나르시스는 실제로 다른 **이로 간주한** 자기 자신을 사랑했던 것이다. 그는 자기 동일화 과정을 실행해야 된다. 나르시스는 물에 비친 모습이 자신이라는 사실을 깨달았을 때 비로소 자기 자신과 동일시되었고, 바로 그 사실이 나르시스를 죽음으로 몰아넣었던 것이다. 그렇긴 하지만 우리는 타자와의 분리 과정을 거친 후에야 자기 동일화를 실행할 수 있을 뿐이다.

에코 님프는 나르시스를 도와줄 수도 없고, 사랑을 시작할 수도 없고, 먼저 행동으로 옮길 수도 없고, 말을 걸 수도 없었다. 에코 님프는 상대방의 말을 똑같이 메아리칠 수 있을 뿐이었다. 그렇다면 욕망의 문제가 남게 된다. 욕망을 어떤 방향으로 유도해야 할까? 물에 비친 형상에 넋을 잃을지도 모른다. 여기서 문제가 되는 것은 거울의 유용성이다. 만일 거울의 사용 방법을 안다면 말이다. 나는 자기 인식에 있어서의 거울의 유용성에 관

---

2) 플로티노스에 의한 《나르시스의 신화와 그 해석》, in *Nouvelle Revue de psychanalyse*, n° 13.

한 소크라테스식 대화를 전부 재인용하지는 않을 셈이다. 다만 앞서 언급한 아풀레이우스의 글을 인용하는 것으로 충분하다.

《변명》, 15: "철학가 소크라테스는 자주 거울에 자신들의 모습을 비쳐 보도록 제자들에게 권유하지 않았을까라고 추측되어진다. 자신의 아름다움에 스스로 만족하는 자들은 방종한 품행으로 기품 있는 외모가 손상되지 않도록 주의를 기울인다. 그리고 자기의 외모가 매력적이지 않다고 판단하는 자들은 자신들의 도덕적 자질을 돋보이게 함으로써 추한 외모를 가리려 전력을 다한다. 그렇기 때문에 인간들 중에서 가장 현명한 사람은 단정한 품행을 갖추려고 거울을 사용한다."[3] 그러므로 거울은 자기 인식의 도구로 쓰인다. 우리는 스스로를 간접적으로 파악할 수 있을 뿐이다. 거울은 분석을 가능케 하므로, 거울이 없다면 우리는 우리 스스로를 알지 못하게 된다. 그리고 거울은 분리의 도구로 사용된다. 자신을 안다는 것은 자신을 둘로 인식하는 것이고, 그 둘을 서로 비교하고 감탄하는 것이다. 나는 거울과 그 기능의 인정이라는 중요한 쟁점을 잊고 있었다. 그렇지만 나르시스에게서 거울은 본래의 기능을 다하지 못한다.

"저것은 바로 내 자신이었구나. 이제 알겠어. 물에 비친 상이 내 자신이라는 사실을 나는 알고 말았구나"(463절)라고 나르시스가 말했다.

분석 과정을 통해 나르시스는 타자가 바로 물에 반사된 자신

---

3) 발레트의 번역.

의 모습이라는 사실을 깨달았다. "저것은 바로 내 자신이구나."
Iste ego sum. 이런 훈련을 하는 데는 시간이 걸린다. 우선 자기 자신을 알아야 하고, 자기 자신을 안다는 것은 자기 자신을 인정한다는 것을 말한다. 이 논리는 이타성과 이중성을 인정하는 것이다. 나르시스는 자신을 아는 데 실패했다고 인정해야 한다. 오비디우스는 새로운 광기, 새로운 형식의 망상에 관해 말한다.(350절)

"나르시스는 자기가 보고 있는 대상을 알아보지 못하고, 다만 그 대상으로 인해 가슴을 태운다."(430절)

분리의 불가능성

"광대한 바다나 머나먼 길, 혹은 높은 산이나 성문이 굳게 닫힌 성벽이 아닌, 바로 하찮은 물이 우리 사이를 갈라놓고 있다."
"내가 갈망하는 것은 나와 함께, 즉 나를 동행한다." 이 구절을 "내가 갈망하는 것은 내 속에 내재한다"라고 해석해서는 안 된다. 욕망의 대상은 나르시스의 내부에 있지 않으므로 큰 오인의 소지가 될 수 있기 때문이다.(466절)

"나는 내 육체로부터 분리될 수 없구나."(467절) "심장으로 하나가 되어 있는 우리는 숨도 동일하게 쉬다가 죽을 것이다." (473절)

나르시스는 자신의 외부에서 분리를 찾으며, 물에 비친 상의 그림자, 즉 그림자의 그림자로부터 분리되려고 전력을 다한다. 이 분리는 나르시스의 외부, 즉 절대적으로 내부 밖에 있는 존재와의 분리이다. 그것은 반사된 모습에서 초래된 실패를 의미한다. 나르시스는 반사된 모습을 실체로 간주하고 싶어한다. 다시 말하면 그는 비존재를 실체로 만들려 하는 것이다. 나르시스는 반사된 모습을 분리해 내고 싶어하지만, 그 분리는 외부에서 행해질 수 있는 일이 아니다.

이 절망적인 시도는 비극이다. 그 시도로 인해 나르시스는 혼란에 빠지고, 결국 자신을 파괴하기에 이른다. 오비디우스의 시를 다시 보자. "나르시스는 대리석처럼 하얀 자기의 벌거벗은 가슴을 손으로 내리쳤다. 주먹에 맞은 가슴 부분은 붉은 장밋빛으로 물들었다. 그것은 종종 과일의 한쪽은 붉고 나머지 반쪽은 덜 익어서 눈이 부실 만큼 흰색을 띠거나, 혹은 덜 익은 포도송이가 군데군데 보랏빛을 띠고 있는 것과 흡사했다."(481-485)

바니에 수도사[4]의 발행물 중에는 조각가가 나르시스를 근위병 모양새로 새겨 놓았다. 나르시스는 이미 청년기를 지난 모습이다(우리는 앞으로 혼란스럽게 될 것이다). 그렇지만 나르시스는 특히 등지고 앉아서 꼭지에서 흘러나오는 물로 수면에 파장이 일고 있는 연못에 얼굴을 비추고 있다. 그렇다면 나르시스는 수면이 흔들려 탁해진 연못에서 달리 어떻게 자신을 바라

---

4) 오비디우스의 《변신 이야기》, 바니에 수도사가 주석과 역사적 설명을 첨가해서 프랑스어로 번역했다. 파리, 1738, t. I, p.199.

볼 수 있을 것인가? 수면의 흔들림은 **실제로** 역력했다. 하지만 그것은 큰 실수이다.

나는 베르길리우스와 오비디우스의 초상화를 그린 19세기 정통 화가인 낭트 출신의 예술가 필리프 볼리외의 판화를 더 좋아한다. 그의 명작에서는 나르시스가 물에 자기 얼굴을 비추어 보고 있지만, 작가는 그 반사된 얼굴을 새겨 놓지 않는 수법을 사용했다. 그의 판단이 옳다. 왜냐하면 물에 비친 얼굴이 흔들려서 나르시스가 그 얼굴을 명확히 구별하지 못하기 때문이다. 또한 그것은 비유풍의 기법일 수도 있을 것이다. 나르시스는 결국 자기 자신을 알아보지 못하기 때문이다.

여성 혹은 남성? 헤르마프로디토스

"……여성도 남성도 아닌 남녀 양성 공유자……."(루크레티우스, V, 839)

나르시스는 여성인가, 남성인가? 나르시스는 어떻게 자기 자신, 즉 자기가 보고 있는 존재를 사랑하게 됐을까? 여성으로서, 아니면 남성으로서 사랑한 것인가? 그 성조차도 나르시스는 결정해야 되는 것인가?

오비디우스의 작품에서 나르시스는 소년 또는 청년, puer juvenisque처럼 보인다. "나르시스는 대다수의 청년이나 처녀들의 마음에 욕망을 불러일으켰다."(353절)

폼페이의 프레스코화에는 나르시스의 모호한 특성이 잘 나타나 있다. 헤르마프로디토스가 조형 예술의 주된 주제였었다는 사실은 잘 알려져 있다. "소위 다시 말해서 예술가들이 만들었던 완벽하게 암수 생식기를 모두 가지고 있는 헤르마프로디토스"라고 갈레노스는 기록하고 있다. 기원전 1세기에 만들어졌으며, 물론 폼페이의 프레스코화와 같은 시대의 것인 이 갈레노스의 저서 《정의》는 "두 생식기를 다 갖고 있는 암수 동체로서의" 헤르마프로디토스에 대해 말하고 있는 것이다. 의사들이 묘사하고 정의를 내린 헤르마프로디토스를 보는 것이 흥미로울 뿐만 아니라 그것 못지않게 의사가 예술가들을 거론하며 헤르마프로디토스를 회화의 **토포스**로서 언급했다는 사실 역시 흥미롭다. 뿐만 아니라 동체라는 말이 병열을 의미하는지, 혹은 혼합을 의미하는지의 여부도 관심거리이다.

물론 이런 테마는 풍속의 퇴폐 시대라 할 정도였던 제정 시대에 비일비재했다는 사실은 잘 알려져 있다. 하지만 그런 테마의 풍미가 갖는 의미나 일반적인 육체와 암수 동체에 대한 사람들의 이해와 표현에 관해서 의문을 던지진 않는다. 그런 테마의 풍미는 무엇을 의미하는 것일까? 플리니우스는 다양한 형태의 생명체에 관해 언급하면서(《박물지》, 7, 34) 다음과 같이 썼다. "양성을 가진 생명체들이 태어났다. 우리는 그들을 **헤르마프로디토스**(hermaphrodites)라 불렀는데, 고대 사람들은 **안드로기니**(androgynes)라고 부르며 그들을 초자연적으로 신성화했으나 오늘날은 그와 반대로 쾌락의 원천으로 삼고 있다……."

"프리아포스의 태생과 비슷하게도, 신화에 따르면 헤르마프로디토스는 헤르메스와 아프로디테 사이에서 태어난 아들이었다. 이 신은 아버지와 어머니의 이름을 물려받아서 이름이 **헤르마프로디토스**가 됐다. 이 신은 어떤 시대에서는 사람들 앞에 모습을 드러냈었다고 주장하는 사람들도 있다. 헤르마프로디토스의 육체는 반남반녀였다. 그래서 헤르마프로디토스는 여체의 연약함과 아름다움을 지님과 동시에 남성적인 거친 외모를 지녔다. 또 다른 이들은 이 생명체들을 어떤 때는 선을, 또 어떤 때는 악을 예고하는 보기 드문 기형이라 간주했다"라고 디오도로스[5]는 서술했다.

하지만 이제 《변신 이야기》에서 오비디우스가 다룬 헤르마프로디토스에 관해 이야기를 해보자.(IV, 7, 373-383) 샘의 요정 살마시스는 헤르메스와 아프로디테의 미남 아들의 마음을 사로잡으려 했지만, 그는 이 요정에게서 달아나려고 애썼다. 그러나 요정은 신들에게 다음과 같은 기도를 했다. "이 소년이 제게서, 제가 이 소년에게서 떨어지는 날이 오지 않게 하소서."

"신들은 그 요정의 기도를 들어주었다. 그래서 잠시 껴안고 있던 그 둘의 육체가 결합이 되어 한 몸이 되었다. 그 모습은 **겉으로 보기에는 나뭇가지가 두 개인 것 같지만 가까이 다가가 보면 두 개의 가지가 맞붙어 자라다 거의 한 덩어리로 굵어진 것과 흡사했다.** 풀릴 수 없는 포옹을 하고 있는 그 둘은 이제 진짜로 하나가 된 것이다. 그래서 남성이라고 할 수도 없고 여성이라고 할 수도 없었다. 남성도 아니고 여성도 아닌, 말하자면 **양성을 갖춘 한 몸이었다.** 그런 후 **헤르마프로디토스**는 수면에 비친 제 모습을 보았다. 물에 들어갈 때는 남성이었던 자신이 반남성, 반여성으로 변해서 연약해져 있었다. 헤르마프로디토스는 하늘을 향해 두 팔을 벌리고 외쳤다. 하지만 그의 목소리는 더 이상 남성의 우렁찬 목소리가 아니었다. '아버지시여, 어머니시여, 두 분의 이름을 물려받은 이 아들의 간절한 기도가 이루어지게 하소서. 이 호수에 몸을 담그는 자는 모두 반남반녀로 나오게 하시고, 이 호수의 물에 몸이 닿는 자는 그 힘이 약해지게 하소서.' 헤르메스와 아프로디테는 반남반녀가 된 아

---

5) V, 6, 5. 훼퍼(Hoefer)의 번역, 파리, 아셰트, 제3판 발행. 1912, p.272.

들의 기도를 듣고 마음에 감동을 받아서 소원을 이루어 주었다. 그래서 그 호수에 **불순한** 묘약이 퍼지게 했다⋯⋯."[6]

헤르마프로디토스는 분리의 문제를 갖고 있다. 혼합과 이중성의 문제가 그의 내부에 감춰져 있는 것이다. 오비디우스의 묘사에서 나타난 몸의 결합이 단순히 성을 결정짓는 요인이 나란히 병렬 상태로 되어 있었다면 문제는 간단해지지만 저속했을 것이다. 하지만 우리는 그저 한 남자에 한 여자가 더해진 것을 볼 수 있었다. 여기에서 헤르마프로디토스의 미를 문제삼는 것은 아니다. 접합부가 어느 부위에 있는지 등 해부도를 상세히 묘사할 줄 아는 것이 흥미로운 것은 아니다.

마리 델쿠르[7]는 다음과 같이 서술했다. "고대 그리스의 아르카이크 시대부터 특별히 퇴폐 시대의 사실주의파 조각가들이 활동하던 시대에서는 마치 그리스 예술가들이 가능한 한 평범한 성적 이형의 인간 유형을 이상형으로 삼았고, 남녀 양성 공유자는 상상의 세계에서나 찾아볼 수 있는 것으로 여긴 것처럼

---

6) 나는 incesto를 **불순한**(impur)으로 번역했다. 어떤 책에서는 incerto라 표기되어 있고, Buchman은 거기서 교훈을 얻는다. 고문서학상으로 s와 가장 가까운 것이 r이라는 것은 누구나 잘 아는 사실이다. 그러므로 '의미상'으로 구별을 해야 한다. incerto, '불확실한' 묘약이 가장 합당하다. 물론 성의 불확실성을 언급하고 있는 것이다. 정확한 번역을 회피하고 있는 바니에 수도사는 그렇지만 원문의 의미를 파악하고 있었다. "메르쿠리우스와 비너스는 호수에 묘약을 퍼지게 하여 성을 바꾸는 효력을 발휘하도록 했다." "신화가 몽상을 생산해 낸다"는 것을 이미 파악한 바니에는 그 전설을 합리적으로 번역하려고 했던 것이다.

7) 《헤르마프로디토스. 그리스·로마 문화 속에 나타난 양성에 관계된 신화와 관습》, 파리, PUF, p.86.

알려졌다. 그래서 사티로스 · 에로스 · 히메로스 · 포토스 · 히프노스 · 플루토스 등 많은 청년의 모습과 디오니소스 · 아폴로 · 키레네의 비너스 등 성별이 모호한 여러 신들 중에서 로마 국립미술관 테르메스의 키레네의 비너스 조각상 상체가 루브르 박물관에 소장되어 있는 아폴로상의 상체와 유사한 것은 놀라운 일이다. 헤르마프로디토스는 단순히 **최종적 변형 상태로** 묘사되고 있는 것이다.

그의 저서 《예술 세계의 누드》[8]에서 보면, P. 리처 의사 역시 헤르마프로디토스에 관해 깊이 숙고했다. "남성과 여성의 믿어지지 않는 결합을 실현하기 위해서 그리스 조각가들에게는 인체의 변형에 관한 정말 기상천외한 지식이 필요했었다. 그것은 궁극적 결론과도 같았고, 서서히 습득되지만 심오하고 완벽한 지식의 유희와도 같았다.

"헤르마프로디토스는 고대 그리스 미술이 탄생시킨 예술품 중에서도 가장 기상천외하고 가장 호기심 가는 인물 중의 하나이다. 헤르마프로디토스는 어느 화창한 날에 갑자기 출현했거나 일종의 자연 발생적인 유형은 아니다." 리처는 계속해서 다음과 같이 말한다. "게다가 헤르마프로디토스는 그리스 예술보다 충분히 앞선 시대에서 태동되었다. 그에 대한 착상은 고대 시대 때나 그리스 나라 밖의 타국에서 이미 구상되었던 것은 아니며, 헤르마프로디토스의 조형적 실행을 위해 심도 깊은 형태

---

8) T.V, 《그리스 예술》, 1926, p.291-306.

학상의 지식이 요구되었기 때문도 아니다.

"헤르마프로디토스 유형은 다양할 수 있는 형태를 제쳐두고 두 가지의 다른 형태학상의 개념으로 정리된다. 첫번째는 제일 단순한 개념으로서 남성의 기질을 갖춘 완전히 성숙된 형태의 여체로 파악하는 것이고, 두번째는 아주 흥미로운 개념으로서 남성과 여성의 훌륭한 조합으로 된 결합체에 관한 것이다."

리처에게 있어서 조각가는 실제 경우의 관찰에 입각하며, 헤르마프로디토스 경우를 정확하게 묘사해서 우리에게 제시한다. 사실 그것들은 매우 추한 모습들이라는 말을 할 수 있을 뿐이다. "해부학자는 그렇게 말하는군요"라고 마리 델쿠르가 리처에게 응수했다. 마리 델쿠르가 이어서 말했다. "우리의 관점은 아주 다릅니다. 왜냐하면 헤르마프로디토스의 인물상에서는 상상의 영역으로부터 구체적 현실의 영역에까지 서서히 옮겨진 순수한 상징을 찾아볼 수 있기 때문입니다."

이미 《규범》의 저자인 히포크라테스는 진정한 결합 관계를 제안했다.[9] 그에 따르면 남성과 여성은 태아를 만들기 위해 합일되는 신체를 갖고 있으며, 또한 남성 안에 여성적 기질이 존재하고 여성 안에 남성적 기질이 존재한다. 그리고 R. 졸리가 말한 것처럼 "각각의 부모는 자웅, 성 결정인자를 분비한다." 그러므로 우리는 교접의 결과로 가장 씩씩한 남성성에서부터 가

---

9) R. 졸리가 시몬 빌과 함께 히포크라테스의 《규범》을 주석을 첨가해서 번역·출판했다. 베를린 1984, p.145 이하. 또한 1967년 파리 벨 레트르에서 졸리 이름으로 같은 책이 출판됐다.

장 여성스러운 여성성에 이르는 폭을 상상해 볼 수 있다. 남성성은 한 씩씩한 남성 개체의 배출과 남성 기질이 역력한 한 여성 개체의 합체 결과이고, 여성성은 가장 여성스러운 여성 개체의 부분과 남성 개체 속의 여성의 기질의 합체로 되어 있다. 그래서 R. 졸리의 견해에 따르면, 우리는 남성에게 있어서의 '상대적인 남성성'과 여성에게 있어서의 '상대적인 여성성'을 고려하게 되는 것이다. 아들에게 있어서 남성적 기질이 우세하게 되면 그 아들은 정말 사내다워진다. 자웅 개체의 혼합은 '지배 관계'에서 찾아볼 수 있다. 강자는 약자에 우세한다. 하지만 여성이 갖고 있는 '남성적 기질'은 남성 안에 있는 남성적 기질보다 훨씬 약하다. "만일 남성적 요소가 여성으로부터 전달되고 여성적 요소가 남성으로부터 전달된다 하더라도 남성이 우세하며, 남성적 요소는 앞서 설명한 방식으로 점점 발달해 가고 여성적 요소는 쇠약해져 버린다. 이런 유형의 인간들은 **안드로기니**이며, 이 말이 뜻하고 있는 것처럼 양성자들이다." 그들은 '남−여 공유자'인 것이다. 엄밀히 말해서 그들을 '헤르마프로디토스'라고 부를 수 없다. 왜냐하면 그들은 또한 남성계에 계속 속해 있기 때문이다. 두드러지게 남성적 기질을 내포하고 있는 여성들이 있는 것과 마찬가지로 그들은 현저히 여성적 기질을 내포하고 있는 남성들이다. 사실 여성들에게는 "만일 여성적 요소가 남성들로부터 전해졌고 남성적인 요소는 여성으로부터 전해졌다 하더라도, 여성성이 우세를 보인다면 그 여성성은 마찬가지로 점점 발달해 간다. 그 여성들은 예전의 여성들보다 훨씬 당당해지고 **씩씩하다고 불린다.**"[10]

우리는 기원전 5세기말 혹은 기원전 4세기초를 고찰하고 있
는 중이다. 그러나 헤르마프로디토스가 아프로디테와 헤르메스
사이에서 태어난 아들이라는 문학적 그리고 신화적 출생에 관
한 전설이 만연해지기 시작한 것은 헬레니즘 시대이다. 헤르마
프로디토스의 발전된 양상은 예술적 측면에서 볼 때, **병열 방
식**에 의한 '종합적' 안드로기니에서 혼합 방식에 의한 안드로
기니로의 전이를 보여준다. 실제로 안드로기니의 정수는 혼합
에 있는 것이 사실이다. 왜냐하면 그런 조건하에서 안드로기니
는 아름다워질 수 있기 때문이다. 병렬 방식은 추하고 저속한
방식에 속한다. 그러므로 안드로기니의 아름다움은 추함과의
경계선에 있다. 턱수염이 나 있는 여성상 혹은 가슴이 풍만한
남성상은 이제 종말을 고한다.

물론 나로서는 '당연한' 생각, 즉 나르시스가 헤르마프로디
토스의 전형일 수 있다는 일반적인 생각이 이해가 된다. 그러
면 결국 분리의 문제가 되풀이되는 셈이다. 헤르마프로디토스
는 자신의 몸을 분리될 수 없는 몸으로 간주하려고 전념한다.

그 분리의 불가능성이 자기의 존재와 자기의 아름다움을 이
루고 있기 때문이다.

---

10) 졸리의 번역, *ibid.*

현학적 예술

외관상 너무 추상적일지는 모르지만 우리가 터득하는 예술에 관한 성찰은 매우 중요하다.

필로스트라토스, 《상상》, I, 22

"샘물에는 나르시스가 생생하게 비치어 있고, 화폭에는 샘물과 나르시스와 그의 외모가 생생하게 표현되어 있다." 자신의 미모를 사랑하게 된 나르시스에 관한 이야기를 필두로 한다. "그 점에 있어서, 그림 속의 꽃 위로 어떤 꿀벌이 내려앉다 부딪쳐서 분홍빛 핏방울을 흘릴 정도로 사실 묘사가 되어 있다. 꿀벌이 그림에 속은 것인지, 우리 자신 역시 그림이 실재라고 생각하면서 속아야 하는지 잘 모르겠다"라고 F. 프론티지 뒤쿠르[11]는 주를 달고 있다. 내가 보기에 매우 인상적인 것은 예술과 직접 관계가 있다는 사실이다. 오비디우스나 필로스트라토스 덕분에 고도로 **정교하게** 발전되어서 전혀 자연발생적이지 않은 시대에 우리가 있다는 사실을 나는 잘 안다. 정교라는 단어의 선택은 현대인들이 시와 조형 예술에 관해 내린 정확한

---

11) Françoise Frontisi-Ducroux, Jean-Pierre Vernant, 《거울의 시선 *Dans l'oeil du miroir*》, 파리, 쇠이유, 1997, p.225 이하.

평가이다. 예술적 기교의 과시는 자기 인식, 즉 자신을 인식하고 인정하는 방법과 일치한다. 시를 자연 발생적인 활동으로 각별히 여기는 사람들이 있다. 그런 사람들은 예술이라는 것에 가담하고 있다는 사실을 완전히 모른 채 프로페르티우스 혹은 카툴루스가 자기 자신들과 다른 이들에게 **진실했는지** 아닌지 심사숙고한다.

정확히 말하면 바로 이 표류 지점, 즉 예술적 기교와 회화에 대한 감정의 토로가 관심거리가 된다. 오비디우스는 색채에 '이끌렸고,' 필로스트라토스는 상의 애매성에 빠져들었다. 오비디우스는 아름다움의 색채인 붉은색과 흰색을 우리에게 제공했고, 필로스트라토스는 오히려 외형에 관심을 가졌다.

칼리스트라토스, 《묘사》, 5

석상처럼 꼼짝하지 않는 나르시스에 관한 묘사 ekphrasis에서 ──나는 문학 장르에서 묘사에 쓰이는 기교적 단어 ekphrasis를 그대로 인용하겠다──칼리스트라토스는 다음과 같이 말했다. "나르시스는 거울처럼 샘물에 자기 얼굴의 형상을 비춰 보며 그렇게 움직이지 않고 있었다. 그 얼굴의 윤곽이 샘물의 표면에 비쳐지자 석상과 물, 둘 다 자신들의 기질대로 경쟁을 한다 할 정도로 샘물은 똑같은 상을 만들어 비치었다. 샘물이 물체를 무형으로 이행시키는 예술적 기교로 구현된 실물과 유사한 형상과 경쟁을 하고 살덩이 대신 물로 되어 있는 석상의 그림자와 경쟁을 하는 반면에, 석상은 실재의 미소년으로 변했던 것이다." 여기서는 석상이 상을 비쳐 샘물에 퍼지게 한다는 사실을 이해할 필요가 있다. 그런 해석이 용이하지는 않지만, 고대 수사학자 칼리스트라토스는 바로 그런 섬세한 어떤 것을 전달하고 싶어했었던 것이다. 설사 그들의 문체가 억지 해석과 지나치게 꾸민 것처럼 보일지라도 이 수사학자들, 즉 궤변학파들을 원망해서는 안 되고 멸시해서도 안 된다. 그들이 세련되게 다듬는 것은 앞으로 소유케 될 우리의 예술적 감각 그 자체이다. 그들은 우리가 우리 자신을 속속들이 지각하도록 한 것이다.

칼리스트라토스의 의도가 이제 명백해졌다. 석상은 궁극적으로 미소년을 만들어서 그 미소년으로의 변신을 시도했고, 물은 무형으로 육체화하려 했고, 그림자로 살덩이를 만들려 했던 것이다.

나르시스 혹은 실체의 부재

칼리스트라토스와 마찬가지로 필로스트라토스의 방식은 역방향이라는 것을 알 수 있다. 기교와 실현된 작품이 그 근거가 된다. 다시 말하면 필로스트라토스를 말할 때는 회화를 거론하고, 칼리스트라토스의 경우는 조각을 거론한다. 역방향이 내포하고 있는 것에 관해 조금 숙고해 보는 것이 좋을 듯싶다. 우리는 재현으로부터 실체를 향해, 칼리스트라토스의 표현을 빌리자면 '실재의 미소년'을 향해 다가간다. 그러나 이 미소년은 자기 모습의 재현 이외에는 다른 실재나 본체를 갖고 있지 않다.

핵심은 거울이 아니라 물에 반사된 모습과 현실성에 대한 문제 제기, 물에 반사된 모습의 실체이다. 철학의 뒤를 이어서 의학은, 내가 앞에서 제시했던 것처럼 실재에 바탕을 두지 않은 상들 vanae imagines에 관해, 19세기에 에스키롤이 처음 명명한 환각이라 일컬어진 것들에 관해서 몰두한다. 궤변학자들은 에스키롤이 **환상**으로 정의내렸었던 것과 **환각**을 이론적으로 벌써 구별을 지었었다. 하지만 반사된 모습 그 자체와 그의 실재성, 우리가 반사된 모습에 존재 부여를 할 수 있는 것 등은 바로 예술과 그 본질의 정교함을 통해 우리가 맛볼 수 있는 것이다.

이런 성찰은 늦은 감이 있다. 반사된 모습에 관한 성찰로 대표되는 나르시스들에 관한 비교적 풍부한 해석들은 없는 것일까? 실체에 대한 빈약한 감정, 아니면 플리니우스가 《박물지》 XXXV편의 서두에서 비평한 대로 실체에 대한 감정의 부재만이 있을 뿐 다른 아무것도 없기 때문이다. 자기 자신의 본질을 알기 위해서는 예술과 예술에 관한 성찰을 거쳐야만 하는 것일까? 그렇게 믿어도 좋다.

파우사니아스, **IX**, 31, 772

피에르 하도가 거론했던 것처럼 파우사니아스의 글을 소홀히 다루어서는 안 된다.

"나르시스는 물에 비친 **그림자**가 자기 자신이**라는 사실을 모른 채** 샘물을 들여다보다가 어느새 자기 자신을 사랑하게 되었고, 그 사랑 때문에 샘물가에서 죽었다"라고 파우사니아스는 말했다.

그는 또 다음과 같이 쓰고 있다. "사랑할 나이가 됐을 정도로 성숙기에 접어든 혹자가 실재 인간과 그 인간의 그림자를 구별할 능력이 없었다는 것이 나에게는 온통 불합리하게 느껴진다."

판별, 그림자의 객체화 불능, 그림자로부터 자신의 상의 외재성의로의 복귀 불능, 이런 것은 내가 내재성, 주관성을 스스로에게 부여한다는 것을 가정한다. 오비디우스는 다음과 같이 썼다. "나르시스는 육체 없는 희망을 갈망하고 만다. 그가 생각하는 육체는 물로 되어 있다." 나르시스가 보았던 것은 자기 내부에 실재하는 것이 아니며, 추호의 객체성도 갖고 있지 않다.

"나르시스는 자기의 눈에 보이는 대상을 알아보지 못하고, 다만 그 대상으로 인해 가슴을 태운다. 마찬가지로 그 환상이 나르시스의 시선을 속이고 흥분시켰다. 순진한 나르시스여, 그대는 왜 그토록 덧없는 환상을 붙잡으려고 전력을 다하는 건가…? 그대가 보고 있는 것은 그대의 모습이 반사되어 비치는 그림자에 지나지 않는다. 그 그림자는 실체가 아니다. 그대로 인해 그림자는 생겨나 머물다가……."(431절)

나는 파우사니아스가 선택한 단어 skia를 단순히 오비디우스처럼 그림자, umbra로 표현했다.

파우사니아스는 덜 알려진 또 다른 전설을 이야기하면서 문제를 '합리화' 시킨다고 흔히 말한다. 그 전설에 따르면, 나르시스는 자기와 쏙 빼닮은 쌍둥이 여동생이 있었다고 한다. 그들은 함께 사냥을 다녔고, 의상도 동일하게 입었다고 한다. 나르시스는 자기 쌍둥이 여동생을 사랑하게 되었지만 "불행하게도 그 동생은 죽고 말았다. 나르시스는 그 샘물가에 자주 가곤 했다. 그리고 물에 비친 모습이 자기의 **그림자**란 사실을 잘 알고 있었음에도 불구하고 나르시스는 자기의 모습에서 연인을 발견하고 위안을 삼았는데, 물에 비친 모습이 자기의 **그림자**가 아니라 자기 쌍둥이 여동생의 모습을 보고 있다고 진짜 생각했다."

그러므로 그것은 환상놀이와 다름없다. 죽은 쌍둥이 여동생에 대한 애도를 끝내지 못하고 만 것이다.

영원한 반짝임을 연상시키는 이 아름다운 그리스어 poikilon을 사용하긴 하지만, 햇빛과 물로 작열하는 다양한 빛깔 poiki-lon은, 그 형상이 자기 자신이라는 사실을 모른 채로, 감탄은 했지만 그 정체를 알지 못하는 미지의 형상 위에서 끝을 맺고 만다. 나는 되돌려보내어진 상이란 의미를 담고 있는 **반사된** 모습이란 말로 해석하고 싶지 않다. 이 반사된 모습은 뜻밖에도 자기 자신의 그림자를 나타내는 것 같기 때문이다. 그것은 기교, 즉 **명암법**(skiagraphie)과 **스케치**(l'adumbratio) 기법과 관계가 있다. 이 전문 용어들은 기억해 둘 필요가 있다.

저서 《엔네아데스》에 서문으로 붙인 전기(傳記) 〈플로티노스의 생애〉에서, 포르피리오스는 다음과 같이 썼다. "어떤 화가 혹은 어떤 조각가를 참아내는 것이 플로티노스에게는 모욕처럼 느껴졌다. 그래서 그는 자신의 초상화를 그리고 싶다고 간청하는 아멜리우스에게 다음과 같이 대답했다. '우리를 둘러싸고 있는 자연의 그 반사된 모습을 이미 지니고 있는 것으로 충분하지 않은가요.' 그렇지만 사람들은 사후에 남겨 놓을 자연의 반사된 모습의 초상화를 그리게 해달라고 그에게 계속해서 간청했다. 초상화는 마치 감상의 대상이 될 만한 작품 중의 하나라도 되는 것처럼 자연의 반사된 모습보다 더 항구적이라 생각되었다."[12]

숭배의 대상인 영상이라고 본문에는 씌어 있다. 정확히 말하면, 오비디우스가 말한 **상의 그림자**란 표현 옆에 첨가해야 할 문구이다.

에이돌론으로 옮겨 적게 될 경우, 영상이 꼭 경멸적 의미를 갖고 있지는 않지만 폐팽이 지적했던 것처럼 경멸적 의미를 띨 수도 있는 것이다. 그래서 폐팽은 반사된 모습이라고 번역했다. 나는 **상**이라는 표현을 더 좋아한다. 상은 형태를 간직하고 있는 모습을 말한다. 시신을 포함할 수도 있다. 메난드로스의 작품 《방패》에 나오는 시신일 수도 있다. 물론 시신은 분신이기도 하지만 특히 상, 살아 있던 자로 말미암아 유지되었었고 그 형체가 부종으로 아직 변형되지 않은 외형을 의미한다.

에이돌론은 《히포크라테스 전집》의 《유행병》편에 영혼이 육

---

12) 포르피리오스, 〈플로티노스의 생애〉 T, II, Paris, Vrin, 1992, p.302.
폐팽의 번역.

체의 장막을 떠난 후 남아 있던 형태, 즉 시신에 부여한 이름이라는 사실을 환기시키는 것이 필요할지도 모른다. 죽어서 온기가 없는 모습이다. 나중에 이 주제를 계속 다루게 될 것이다.

다시 나르시스의 이야기로 되돌아가 보자.

나는 신화 논평도 마찬가지이지만 신화의 진의 여부에도 관심이 없다. 그리고 신화의 **원조**가 있었는지에 관해서도 확신이 없다. 그것은 신화의 날조이다. 그런 문제에 있어서 나는 결단코 **궤변학파**에 속한다. 예를 들면 필로스트라토스의 관점 면에서 그렇다는 말이다. 나는 궤변학파라는 평을 들어도 상관없다. 사상에 있어서는, 위험스런 궤변학파들보다는 원조 및 본래적 도식에 집착하는 사람들이 더 해롭고 더 경직화되어 있다고 나는 생각한다. 그것이야말로 경계해야 한다.

코논 심리 분석

예수와 동시대의 사람인 코논에 관한…… 심리를 분석한, 포티우스는 신화가 나르시스의 자살에 관한 심리적 동기를 꾸며 내고 있는 대목을 우리에게 전해 주고 있다. "샘물에 비친 자신의 얼굴과 육체를 바라보다가 나르시스는 이상하게도 자기 자신의 유일한 연인이 되고 만다. 결국 그 상황에서 빠져나오지 못하고 아메이니아스의 구애를 거절했기 때문에 자기가 그런 고통을 당하는 게 당연하다고 생각한 나르시스는 자살을 하고 만다." 나르시스는 자기가 처한 상황을 파악하고 분석한 다음 결론을 내린다. 그는 그런 사랑의 고통의 벌을 받고 있고, 대가를 치러야 한다고 생각한다. 이런 과정은 정말로 통속 잡지에서나 유행하는 심리 분석이다.

결코 그렇진 않다. 그 시대는 아직 심리 분석이나 도덕을 알지 못했던 시대였다. 창세나 마찬가지였던 시대였기 때문이다.

나르시스와 우울증 환자

나르시스는 우울증 환자와는 정반대의 인물이다. 나르시스도 경직되어 있긴 하지만 그것은 내부에서 일어나는 다른 고통, 즉 자기 자신을 알기를 거절하거나 그것이 불가능한 데서 오는 고통인 것이다. 우울증 환자 혹은 외재성 부재자, 마음속 깊이 잠재해 있는 자 역시 자기 자신과 분리될 수 없어서 그렇기 때문에 죽어갈 수도 있다. 이것은 또 다른 유의 불가능하고 치명적인 분리를 말한다.

그러나 나르시스의 경직된 **무표정**과 우울증 환자의 태도 사이의 유사성을 관찰해 볼 수는 있을 것이다. 히포크라테스의 표현을 다시 빌리면 두렵기까지 한 낙담, 이 용어는 '오직 한 가지의 재현과 **상**'에 관련되어 있다. 유명한 의사 카파도키아 출신의 아레타이오스가 우울증을 정의하며 말한 것처럼, 그 용어는 언뜻 보기에 나르시스의 경우와 일치하는 것 같을 것이다.

나르시스가 우울증 환자의 특이한 경우라고 여겨질지도 모른다. 하지만 이 유사성은 오류이다.

문제를 좀더 깊이 있게 사고해야 한다. 우리는 너무 성급하게 속단을 내리고, 간단한 인용문에 달려드는 경향이 있다. 여유를 갖고 주저하지 말고 공기를 깊게 들이마시고, 주위 경관을 바라보아야 한다. 오믈렛에 맛을 돋우는 세프 버섯은 큰 나무 밑에 감추어져 있기 마련이다. 그것은 합성이 아닌 탐구의 예술이라는 사실을 나는 안다.

내가 **시학**이라 칭하는 수준에서 시도하려는 것은 위의 경우의 태도를 취하지 않고, 자신을 외부 세계에 맞서게 하는 것을 거부한다든지 맞서게 할 능력이 없는 때를 포착하려는 것이다. 그것이 바로 나르시스의 경우이다. 다른 경우는 외부 세계와 자신의 분리 혹은 외부 세계를 자신 밖에 상정하기의 거부나 불가능, 이것이 바로 우울증 환자의 사고이다.

우울증적인 사고

사람은 간접적으로 자기 자신을 알 뿐이고, 자신 밖에 타자를 놓아야 하며, 거울을 수단으로 자신을 자각하고 인정하고 판단할 수 있다는 소크라테스의 주장을 나는 상기해 보았다. 어떻게 보면 우울증은 타자 상정의 불가능성이 고통을 통해 나타나는 것을 말한다. 우울증은 존재의 단일성에 관련된 병이다. 이 병은 자신으로부터의 탈출, 다시 말해서 continuum, 단일성의 파괴에 대한 긴급 필요를 내포하고 있다. 이 병은 일원론적인 병리학이라고 일컬어질 수도 있을 것이다. 우울증은 존재 단일성과 관련된 병이다. 두 종류의 자각에는 차이가 있다는 생각을 가져야만 한다. 하나는 거울, 지속적이고 안정적인 정체성, 비교할 수 있는 판단력, 그리고 가치의 인정을 필요로 하는 자신에 대한 자각이며, 또 다른 하나는 긴장 이완, 단절이 절대 없는 고통, 착란을 통한 자기 인식이며, 항상 예전의 **단일성**에 대한 향수를 갖고 있다. 만일 호전되지 못한다면 우울증 환자는 죽음에 이를 수도 있다.[13] 우울증은 이중성의 필요를 단적으로 드러낸다. 다시 말해서 고통을 안겨 주는 단일성의 해체에 대한 필요성이다. 단일성은 등을 떠밀어서 자기 자신을 외부에 놓고 관점을 하나 세우며, 그 관점에 입각해서 자기 자신을 관찰하고 판단한다. 이것은 떠밀기, 분출을 통해서만 이루어질 뿐이다.

실제로 우울증에 빠져 있는 환자의 하소연과 환자가 고통을 겪는 장소인 육체를 잘 검토해 보자. 이 고통은 무엇인가? 처음으로 되돌려 다시 시작할 수 없음을 괴로워하는 불가피한 고통선, 그리고 혼란스런 고뇌일 뿐인 선…… 그러므로 향후에 대한 기대나 혹은 도래가 없는 때가 있음을 알아야 한다. 이 고통

---

13)《천재와 우울증 *L'Homme de génie et la Mélancolie*》의 서문 참조, 파리, 리바주 문학 총서, 1988.

의 전후 사이에는 더 이상 구별이 없다. 그것은 영원한 시간 혹은 본래의 시간일 수도 있고, 심리적 시간, 생물학적 혼란의 시간이 되기도 한다. 우울증 환자는 필연적인 정신적 아픔을 훈련할 수 없었던지 **단일성**에 다시 빠지는 데 실패했던 것이다. 그런 상태에 처한 우울증 환자에게는 이제 은유는 없는 것이다. 또는 그에게 은유는 처음부터 없었거나, 아니면 아무런 의미도 되어 주지 못했다고 말할 수도 있다. 그것은 환자의 일원성, 자기 자신 안에 웅크리고 있는 인간 본질의 일원성을 가리킨다. 그 인간 본질은 그 내성으로 고통을 받으며, 은유에 대해 알지 못하고 있다. 나는 이 점에 관해서 너무 많은 글을 기술했기 때문에 사람들은 본래의 나를 은유에 대해 강박관념을 갖고 있는 자로 보게 될 것이다. 왜냐하면 사실 나는 현재 실행되고 있는 은유를 방금 정의했기 때문이다. 《아리스토텔레스 전집》에서 보면 은유와 우울증의 관련성이 나타나는 것은 우연이 아니다. 이 두 가지는 숨겨져 있는 근원의 분출인 것이다. 그리고 그 근원은 스스로 설명할 수 없고, 그 근원의 이상스러움과 유사성을 문제삼는 다른 분야로 방향 전환을 할 수도 없다. 성공적으로 이루어진 은유는 동시에 우울증 치료 요법이 될 수도 있다. 왜냐하면 차분하고 사려 깊고 평온하고 냉철한 은유는, 사람들이 그 은유를 숙고하고 판단내리는 것을 가능하게 만들기 때문이다. 이것이 제2의 은유이다. 내가 언급한 일원론적인 병리학은 물론 인간 본질을 하나로 보고 그 주장대로 생각하도록 강요하는 논리적인 철학적 일원론과는 전혀 관계가 없다.

조금 우습게 보일지 모르겠지만 〈나는 내가 지각하는 곳이 어딘지에 관해 사유해 본다〉라는 제목의 글을 쓴 적이 있다. 하지만 이 글을 쓴 이유는 나는 내가 어느곳을 지각하는지 사유해 본다라는 식의 좀더 올바르다고 생각되어지는 문장을 가지고 근본적인 차이점을 체크해 보기 위한 것이었다. 사고가 자리잡고 거처하는 위치의 부여가 관건이었다. 거처에 머물고 있는 것은 그 거처를 정리하고 장식을 하고 그 거처를 외출했다가, 원하면 다시 되돌아갈 때까지 자기의 거처를 한순간 잊을 수도 있는 것이다. 우울증 환자는 이런 식으로 자기 마음대로 처리할 수 있는 것, 이런 자유로운 태도, 거침없음에 관해 무지하다.

하지만 즉각적인 인식, 잠재된 사고, 즉시의 사고가 존재할까? 호메로스 작품의 주인공들의 **내적 자아는 기관으로서의 자아일 뿐이다**라는 글이 있다. J.-P. 베르낭이 열광하며 적극 수용한 이 주장은 나에게 설득력이 없다. 이 주장에 의하면 마치 기관이 훨씬 더 즉각적인 인식에 속하며, 부분적인 기관은 판단을 내리는 기관에 항상 속하는 것이 아닌 것처럼 여겨진다. 그는 다음과 같은 글을 썼다. **내적 자아는 기관으로서의 자아일 뿐** 그 이상 다른 것을 **전혀** 의미하지 않는다.

아이스킬로스 작품인 《아가멤논》의 비극적 **송가**(975 이하)가 우리의 관점을 잘 조명해 주고 있기 때문에 여기에 다시 인용해 보겠다.

"이 두려움은 왜 답답하게 경이로운 감시병인 나의 **심장**(kardia)을 조여 오고 도둑질하는 것인가. 예언가는 명령이나 보

수도 받지 않으며 왜 나를 찬양하는 것인가. 꿈 해몽이 어려울 때 사람들이 하는 것처럼 내 **허파**(phrènes) 부위에 능란한 힘이 들어가도록 나는 침을 뱉을 수 없다. 그러나 시절은 지나가 버려 배로 올려진 닻 아래로 모래들은 휘날리고, 우리의 무장한 함선들은 일리온을 향해 질주했다. 그리고 나는 내 눈으로 그들의 귀항을 목격했다. 내 자신이 그 증인이다. **스스로 깨우치는** 나의 **티모스**(thymos; 마음, 심장)는 전혀 희망을 품을 힘도 없이 복수 여신의 칠현금에 맞추지 않은 애가를 부르고 있다. 마음 깊은 곳의 정(splagchna)은 확실히 정의를 믿는 허파와 성취로 인도하는 동요 속에 휘감겨 있는 심장(kear)에 관해 증거하고 있다. 나는 그 모든 것이 거짓이고 실현되지 않도록 기도하노라."

내가 위의 텍스트를 시조로 여기지만 연대기적인 의미의 시조는 아니다. 그 텍스트는 사실상 기관 질환과 감각을 관련짓고 있다. 감각은 "나는 위장 질환을 갖고 있다. 그러므로 나는 위에 통증을 느낀다"라는 식으로 신체의 어느 부위에서 발병이 됐는지를 밝히는 통증 의미의 기관에 보내진 않는다. 이 점이 무엇보다도 '자연스러운' 입장처럼 보여질지도 모른다. 번역을 주저했던 우리의 태도에서 보여졌던 것처럼, 통증이 있는 곳이 매우 결정적이고 파악이 잘되는 해부학적 부분이라는 사실을 믿어서는 안 될 것이다. 그곳은 민감하고 불안 같은 감정을 느끼는 부위이다. 이 통증은 그저 부위만을 가리키는 것이 아니라 **진단**이 내려지기 위해서는 우선 **표현**되어야 할 것이다. 게다가 이 두 단계의 구별이 가능한지 아닌지 알아보아야 한다는 문제가 제기된다. 통증에 관한 표현은 은유적일 수밖에 없다. 바로 거기에 은유의 화려함이 있다. 나의 동료 니콜 로로가 명쾌하게 잘 나타냈던 것처럼 은유는 화려한 것이라고 해두자.

위의 텍스트는 내부 질환을 다룬 최초의 분석에 속한다. 하지만 그와 동시에 아이스킬로스의 작품 속의 합창은 그 질환에 연금술의 필요성을 담고 있다. 이런 해석은 우리에겐 낯선 문화와 종교의 세계에서 행해진다. 하지만 그런 사실은 중요치 않다. 기억해야 할 것은 그 질환이 감각을 피력하고 있다는 사실이다. **스스로 깨우치는** 나의 **티모스**, 이 폭발, '배워 습득할 필요 없는 스스로 감지되는 이 충동' 은 의미를 담고 있다. 물론그것은 합창의 본질에 있어서 의미가 아니라 세계의 생성면에서 의미를 갖는다. 그렇지만 그것 역시 우리의 관심사가 아니다. 우리의 관심은 내부 질환의 은유적인 표현 방식에 있다. 여기서 해부학을 언급하는 것이 조금은 도식적이라면, 흔적은 질환이 생긴 부위, 공간에 만들어졌다는 것을 언급해야만 한다.

우울증 증상

여기서는 외형, 변형, 모습, 혹은 관상이 아닌 **증세**에 관계되는 일이다. 사람들은 가끔 혼동을 일으키는 경향이 있다.

우울증 **증상**이라 종종 불리는 것은 어디서 시작된 것일까?

우울증적인 태도에 관해 많은 심사숙고가 있었지만 우울증 증상이 역사에서 부각되었거나, 옛부터 있었던 질환이라는 사실에 관해 충분히 논의——논의된 적이 있었던가?——되지는 않았다. 예를 들어 《문제 제기 XXX》에서 보면 우울증 **증상**을 중요하게 다루고 있지 않다. 본문에는 끝없이 변화의 기복을 겪는 자에 관해 서술해 놓고 있다.

클리반스키는 《사투르누스와 우울증 환자》에서 우울증 특징에 관해 주목하고 《아리스토텔레스 전집》의 《관상학》에 나타나고 있는 분사 어미 sesêros를 환기시키고 있다. 그 분사는 사실 **씁쓸한**, 슬픔의 특징을 갖고 있는 그리이스어 pikros를 의미하고 있다.

"슬픈 기색 그것은 **미소로 갈라진 얼굴……**."

이런 해석이 나는 이해가 간다. 게다가 내 생각이지만, 《임파선》(혹은 임파선 체계)이란 제목하에 알려져 있는 히포크라테스의 교리에 관한 본문 한 부분을 서술했다면 더 흥미로울 수도 있었을 것이다. 그 본문은 환각에 관한 병리학적 묘사 속에 우울증에 관한 표현을 담고 있다. 헬레니즘 때라 추정되어지는 이 개론서는 뇌가 히포크라테스가 명명한 임파선이며, 그 기능은 리트레의 표현대로 신체의 각 부위에 있는 액체를 퍼올려서 각 부위로 다시 되돌려보낸다는 사실을 다루고 있다. "그것은 점액 혹은 급성 결체 조직염의 왕복 운행으로, 건강 유지에 있어서 중요하다"고 리트레는 말하고 있다. 이 작가는 뇌 질환에 관해 언급하고 있는 것이다. 만일 염증이 잘 아물지 않는다면, "뇌도 타격을 입어 그 자체도 양호한 상태로 있지 못하게 된다. 그 결과 뇌에 약간 염증이 생기면 큰 통증을 갖게 되고, 지능 또한 지장을 받게 된다⋯⋯. 때때로 [환자는] 말을 하지 못하고 호흡 곤란을 일으킨다. 이 질환은 뇌일혈이라 불린다. 종전에는 뇌의 염증이 심하지 않다가 점점 과도하게 되어 뇌에 통증을 유발시킨다. 지능은 혼란에 빠지고 환자는 안전부절 못한다[이제까지는 R. 졸리의 번역이다]. 환자는 이상한 생각을 하고 헛것을 보기도 한다. 즉 **이상한 상상을 하고 슬픈 미소를 짓는** 특징을 갖는 질병이다."

그런 유형의 환자들마다 갖고 있는 슬픈 미소의 특징을 명확히 밝히는 분사 어미 sesêros는 이해하기가 쉽지 않다. 히포크라테스도 열창을 가리키기 위해 이 단어를 사용한 적이 있었다. (《골절》, 32) "하지만 상처의 형태에 따라 적절히 대처한다. 붕대 안으로 상처는 아주 조금 **벌어진 입술**을 갖고 있다⋯⋯." 리트레는 이와 같이 번역했다.

위의 문장에 관해 갈레노스가 말했던 것처럼, 히포크라테스는 여기서 **입술**에서 벌어짐의 의미를 끌어내는 은유를 사용하고 있다. 더욱이 상처의 입술이란 표현은 적절했다.

그러나 유추의 원천에 속하는 것은 실제로 무엇일까? 웃음일까, 아니면 상처일까? 웃고 있는 상처일까, 아니면 상처 모양의 웃음일까? 크게 벌어져 있음을 가리키는 것으로서, 웃음과 크게 벌어진 상처를 말한다. 사티로스의 갈라진 미소가 그 예이다. 엘리엔에 의하면, 사티로스의 이름은 갈라진 미소를 갖고 있다는 것에서 유래했다고 한다(Satyre-sesèrenai).

중얼거리는 병이나 **슬퍼하는** 경향이 있는 사람에게 있어서는 **입을 비죽거리기**에 관해서 말해 볼 수도 있을 것이다.

시선에 대해 말해 보면, 내가 종종 목격한 바로는 호라티우스의 《서간집》(I, 14, 37)에 나오는 **곁눈질**을 우리는 활용할 줄 모르는 편이다.

호라티우스는 다음과 같이 썼다. "오늘 내가 하고 싶은 것은 간단한 식사를 하고, 시냇가에서 오수를 즐기는 것이다……. 거기에서는 어느 누구도 **곁눈질**하며 나의 행복을 깨뜨리지 않고, 증오와 음흉한 공격을 가해 나의 행복을 무너뜨리지도 않는다."(빌뇌브 역)

곁눈질은 우울증과 아무런 관계가 없다. 구석진 곳에 있는 시선, 그것은 좋지 못한 시선이고 위험하고 때론 미친 듯하며, 또한 그것은 **흘겨보는** 시선이고 **황소 같은** 시선이다. 예를 들면 에우리피데스 작품 《메데이아》 속의 시선이다. 그것은 고정된 시선이라기보다는 사나운 눈초리였다.

지금까지는 우울증 **증상**에 대한 어떤 암시도 없었지만, 이제 우울증적인 표현이 싹트는 것을 보게 될 것이다.

더 흥미로운 것은, 정말로 표현에 있어서의 특징뿐만 아니라 《풍자시》 III 안에 파노프스키가 인용한 페르스의 묘사도 관계되어 있다는 사실이다.

"시선을 바닥에 고정시키고 고개를 숙인 채로 그들은 노호하고 지독한 침묵을 지키는 자기 자신들 때문에 고뇌한다. 그리고 그들은 시무룩한 입술로 한숨을 쉬듯 몇 마디를 내뱉는다."

환상(Phantasia)의 의미의 변천과 출현과 영향력, 환상의 첫번째 그리고 독점적인 특징 이런 것이 아무런 영향 없이 우울증 증상의 형성과 관계가 있다고는 생각지 않는다.

카파도키아의 아레타이오스는 다음과 같이 서술했다. "어떤 사람들에게는 방귀나 우울증도 없고, 다만 과도한 격분과 슬픔과 **심한 낙담**이 있다. 그리고 그런 사람들을 **우울증적——우울증 질환**——이라고 부를 것이다. 우울증은 분노와 부정적인 사고와 풍부한 감정과 난폭한 특징을 갖고 있다. 질병으로 동요되자마자 우울증 환자들은 그와 같은 증상을 갖는다. **이것은 열을 동반하지 않는 환상**(phantasia란 그리스어를 이렇게 번역했다)**과 관계 있는 낙담을 말한다.**"

1세기경에 환상이란 그리스어의 의미가 변하며 영향력을 갖게 되었다는 사실이 롱기노스(《숭고에 대하여》의 저자)를 통해서 알려졌다.

독일의 미술사학자 뵐플린은 화가 뒤러의 면모에 관한 해석들에 관해 값진 조사를 해보았다. 나는 선택의 여지없이 그 해석들 전부를 취한다고 기꺼이 말하겠다. 그것은 무기력한 포기가 아니다. 나는 그전 해석과 향후에 있을 해석까지도 취하겠다. 그 이유는 그 표현이 당연히 무한한 보고이기 때문이다. 바로 거기에 뒤러의 심각한 우울증의 특징이 있는 것이다. **증상**은 상징 체계, 즉 해석학, 다양하게 재현될 수 없는 것, 다시 말해서 무언의 몸짓과 우울증 태도를 갖는 끝없는 특징을 뒤흔들어 놓을 요인을 갖고 있다. 증상은 그것을 둘러싸고 있고 해석을 강요하고 있는 온갖 상징의 보조를 받는다. 그래서 우울증에 관한 모든 정의와 가능성 있는 증상들로 인해 나는 뒤러의 모습에서 우울증인 이 이상한 질병을 즉각 알아보았다.

뒤러라는 인물 주위에는 질서와 규칙의 도구가 있다. 그러나 그 도구들은 무질서한 상태이다. 우울증에 관한 상징 체계는 동반되는 거울이 유용하지 않음을 보여준다. 거울 같은 도구들은 그곳에서 무용지물인 것이다.

2

균형/불균형: 비샤의 미학

허파. 내장. 각각의 기관, 즉 자궁·간·비장·위 등에 관한 이야기를 하게 될 경우 매우 흥미진진할 것이다. 그 이야기들은 그저 해부학에 관한 것만은 아닐 것이다. 기관들은 우리가 알고 있고 느끼는 것처럼 저마다 확고한 존재들이다.

하지만 뒤러의 《멜랑콜리아》와 기관들과의 관계를 가정하는 것이 터무니없지 않을까? 뤼시앵이 지적한 것처럼 제우스가 걸치고 있는 망토 안에는 거미줄과 쥐들만 있는, 피디아스가 만든 제우스 조각상의 경우를 우리는 마주하고 있는 것인가? 안타깝게도 기관이 없다면 우울증도 없다. 물론 갈레노스의 현명한 말처럼 사람들은 이렇게까지는 생각하지 못할 것이다. 왜냐하면 종국에는 우울증만 있게 되기 때문이다. 그러나 내적 우울증을 소홀히 하진 않을 것이다.

내부보다는 외부를 더 쉽게 파악할 수 있다. 이 말은 의심의 여지가 없이 느껴진다. 외관을 묘사하는 것보다는 인간의 내부를 알려는 시도가 더 많은 시간을 필요로 했었다. 이런 탐구가 시대와 역사와 무관하지 않다는 사실이 충분히 이해가 된다. 물론 그렇지만 자기 자신, 자신의 개체성에 관한 문제는 언제 제기되었을까? 나는 내 안에 있는 나 자신과 더 친밀하지 않은가? 외형을 보고 자기 자신인 것을 알기 전에, 자기 자신을 아는 것, 적어도 내적으로 자기 자신을 느끼는 것이 더 쉬울지도 모른다. 이건 정말 착각이다.

자기 내부, 자기 자신에게 갖고 있는 감정, 자의식(selbst-gefühl) 등에 관한 자기 인식은 역사에 속한 문제이다란 주제를 다루는 사람들에게는 자명한 일이다. 동일한 형상과 동일한 내장을 갖고 있던 기원전 5세기경의 사람은 계몽주의 시대의 사람들처럼 자기 자신을 내적으로 느끼지 않았다는 것을 의미하는 것인가? 물론 그렇다. 그러나 보편적인 정의에서의 역사와 관계가 있고, 자신에 대한 악화된 감정에 관계가 있는 항구 불변하는 어떤 것이 있다. 그리고 그것은 시간과 공간에서 유일하면서 동시에 보편적인 인식을 주장한다. 왜냐하면 사람은 동일한 형상과 동일한 내장을 갖고 있기 때문이다. 이것이 바로 우울증이며, 우울증은 질환이다.

질서와 무질서

좀 우회해 보자. 18세기말의 정신병리학——이 용어를 선택한 점을 양해해 주길 바라며——적 관점에서 주제가 아주 흥미로워진 시기로 가보겠다. 그 시기는 철학 분야와 마찬가지로 의학계에서도 자기 '인식,' '내적 감정,' **자의식**의 문제가 절실하게 제기되는 흥미진진한 때였다. 그렇기 때문에 우리는 내적 감정과 기관에 토론의 자리를 할애해야 한다. 여기서 나는 매우 피상적으로 간략하게 이 흥미로운 문제를 다루어야 할 것 같다.

18세기말의 두드러진 경향은 다양한 형태의 광기의 원인을 기관, 특히 소화 기관들에 전가했었다. 그러므로 약물 중 특별히 하제라는 약으로 처치해야만 했었다. 나는 언젠가 칸트가 《두개골에 관한 질병》이란 개론서에서 끝까지 의학 분야를 벗어나지 않으면서, 어떻게 아주 명석한 논리적 난점에 도달했는지를 설명하려 했었던 적이 있었다. '의학적' 해결점은 착각이다.

그래도 **기관성**은 완고하다. 기관성은 자기의 권리를 주장할 만하다. 그것은 환자가 지적하는 장소이기 때문이다. 칸트는 운제르 병에 대해 말하면서 자신의 심장 부위, 즉 상복부를 가리키며 "나의 죽음은 바로 그곳에 있다(Hier sitzt mein Tod)"라고 언급했다.

기관성의 필연적인 복귀

위대한 의학자 반 헬몬트(1579-1644)는 저서 《의학의 여명》의 '광적인 사고(Demens idea)'라는 장에서 맹렬하게 **환상**을 다시 도입했다. **광적인 사고**는 뇌의 관할이 아니고, 지능에 속해 있지도 않다. **광적인 사고는 상복부와 관계가 있다.** 반 헬몬트는 바로 그 생각에 착안해서 저 유명한 **생명의 원질**, 즉 생명체의 조직에 관한 중요 원칙을 세운다. 반 헬몬트는 어느 날 혀끝으로 **바곳**을 맛보는 경험을 했다. 그는 침을 내뱉는 시도를 했지만 특별한 맛을 보고야 말았다. 이제 반 헬몬트가 직접 쓴 글을 옮겨 보겠다. 이 글은 여기에 실릴 가치가 있으며, 초창기의 정신병 전문 의사들이 모두 읽었던 글이다. "한번은, **바곳** 뿌리를 가지고 조제를 하다가 나는 혀끝을 뿌리에 갖다대었다. 그다음에 삼키지 않고 여러 번 침을 내뱉었다. 하지만 곧바로 나는 벨트로 머리를 꽉 조이는 듯한 느낌을 받았다(…). 예전에 가져 보지 못했던 어떤 느낌이 전해졌다……. 놀랍게도 내가 받은 그 느낌이 심장 부위에 정착했다가 위의 입구까지 퍼지는 것을 확실히, 빛이 반짝거리듯이 (…) 그리고 확고하게 느껴졌고 (…) 그 색다른 느낌이 너무 놀랍고 경이로워서 나는 내 몸의 반응에 유의했다……. 그리고 그 느낌을 통해서 나는 내가 머리가 아닌 심장의 위치를 파악하거나 혹은 상상했었다는 것을 확실히 깨달았고, 그 느낌은 어떤 말로도 표현될 수 없는 것이었다. 이 지적 통달에는 기쁨의 충족이 있었다. 그 느낌은 순간적이 아니었고, 나는 잠을 자지도 꿈을 꾸지도 않았으며 병을 앓았던 것도 아니었다. 하지만 그 사건은 정말 내가 공복시에, 그리고 건강이 양호한 상태에서 일어났던 것이다. 예전에 여러 번 무감각 상태의 경험을 한 적이 있었음에도 나는 그 과거의 경험이 **심장 위치의 파악이 가능했던** 이번의 **느낌**과 전혀 공통점이 없다는 사실에 주목했다. 이런 느낌은 머리의 개입을 배제했다."

그는 기쁨의 충족으로 자신이 광기를 갖게 되지 않을까 걱정했다……. 약 두 시간 정도 흐른 뒤, 심하지 않는 현기증이 그를 엄습해 왔다. "예기치 않게 감각을 통해 내가 경험했던 것은 머리에서는 아무 일도 일어나지 않았다는 사실이다. 말로 설명할 수 없지만, 모든 혼은 확실히 심장 부위에서 생각을 한다."

그는 계속해서 말했다. "사실 호기심에서 나는 여러 정신 질환 환자들과 상담을 했고, 어떤 집착이나 다른 질병 등의 영향으로 망상을 하기 시작했었던 상당수의 환자를 치료했다. 그러자 환자들은 그들이 서서히 광기에 빠져들었으며, 초기 단계의 침울한 감정을 시발로 불분명한 영상들이 나타났고, 광적인 우수에 찬 기분이 생겨났으며, 저항력이 생기기 전까지는 그런 기분 때문에 우선 가슴에 압박감을 받았다고 나에게 심경을 털어놓았다. 그들은 제정신으로 돌아왔을 때 자신들의 행동을 완벽하게 기억하고 있었다."

어떤 단어 하나도 학술적인 것이 없다. Amentia, mania, dementia는 모두 광기를 지칭하고 있다. 그러나 흥미로운 것은 필연적으로 환상으로 복귀한다는 점이고, 그 단어에 **고정관념**보다 훨씬 강도가 높은 demens idea, **광적인 사고**라는 새로운 명칭을 부여코자 하는 바람이 있다라는 점이다. 뿐만 아니라 혼란스런 느낌에 대한 관대함, 광기에 대한 유혹, 원초적인 만족과도 흡사한 경험 역시 존재한다는 점이다.

약품을 이용한 완화된 실험, 광기에 관한 또 다른 실험 등에 관한 귀중한 흔적을 밟아 나가기 위해서는 모로 드 투르와 하시시(《하시시와 정신 이상에 관하여》, 파리, 1845)에 관한 **실험**을 기대해야 할 것이다.

카바니스

우리는 종종 18세기말경의 카바니스를 소홀히 다루는 경향이 있다. 카바니스는 인간의 본질을 이원론으로 파악하지 않았다. "이원론은 방법론적으로 철학과 구별될 뿐이다. 다시 말하면, 정신적 기능을 파생시키는 육체적 기능은 그런 동일한 작용의 전체를 구성한다."[14]

무언가 저항하는 요소가 있음을 시사했다. 카바니스에 의하면, 고대인들은 체질에 대한 저항을 확고히 했다. "위대한 관찰가들은 외적 육체 활동은 기관의 기질을 아는 정도까지 변경할 뿐이라는 사실을 즉시 알아차렸다."

이 저항의 개념은 본질적이다. 카바니스는 그 개념을 데스튀트 드 트라시에게 전했다. 트라시는 그 개념을 일종의 관념론적으로 받아들인 게 사실이다. 그는 《이데올로기 요론》이라는 저서에서 다음과 같이 썼다. "의도하는 것과 저항하는 것, 이것

---

14) C. Lehec et J. Cazenzuve, 《육체와 정신의 관계 Les Rapports du phy-sique et du moral》, 파리, PUF, 1956, t. I, p.317.

56 몸의 시학

은 실재적으로 존재하는 것이다. 그것은 바로 존재하는 것이다." 이 개념은 보르되의 글에서 이미 나타났었던 것임을 알게 된다. "저항하는 것은 노출된 내적 인간이다"라고 말하며 카바니스는 시드넘과 뜻을 같이했다. 이 내적 인간은 뇌를 가진 인간이다. 위와 장이 소화를 담당하는 기관인 것처럼 카바니스에게 있어서 뇌는 사고를 **생산해 내는** 기관이다. "**뇌는 일종의 느낌을 소화하는 기관이다……. 뇌는 조직적으로 사고를 분비한다.** 내적 기관의 어떤 배열 속에는 특히 하복부의 내장 속에서 우리는 다소 느끼거나 생각을 할 수 있다. (…) 특별하고 이상한 욕구가 점점 더 생기고, 정체 모를 영상들이 영혼에 몰려든다. 새로운 감정들이 우리의 의지를 사로잡는다. 더 놀라운 것이 있다면 자주 영혼은 더 많이 고양되고 힘을 획득하고 폭소를 터트리며, 정신은 더 감격적이고 더 잘 제어된 감정을 양식으로 삼는다는 점이다." 카바니스는 키오란이나 프로이트와 마찬가지로 사고하기 위해선 어떤 장애가 필요하다고 추정했다. "나의 문체는 불행하게도 훌륭하지 못했다. 왜냐하면 육체적으로 나는 지나칠 정도로 건강했기 때문이다. 글을 잘 쓰려면 내가 약간은 아플 필요가 있었다."[15]

카바니스는 태아의 생명에 새로운 중요성을 부여했다. 내부적 인간은 일종의 전인간인 셈이다. 18세기말경에 자기 자신

---

15) 일 그뤼비쉬–시미티스가 인용한 1899년 9월 6일 서한, 《프로이트, 원본의 복귀》, 파리, PUF, 1997, p.94.

에 대한 느낌의 '내적 의미' 혹은 '본질적인 의미'에 관한 연구에 대해 오랫동안 논란이 있었다. 독일 할레의 라일의 제자인 후브네르의 논문 〈내부적 감각에 관한 연구〉 역시 중요하다.

갈레노스가 **수렁**이라 부른 것에서 질서를 잡고자 했던 바람이 몇몇 의사들을 사로잡았던 것 같다. 간략하고 효과 있는 질서 말이다. 비율과 카바니스의 경우를 예를 들면 "기관의 부피와 상호적인 힘 사이의 정확한 비례는 훌륭한 기관화를 구성한다."

균형이 훌륭한 기준점으로 등장한다. 균형 전체 혹은 육체가 제공하는 여러 균형들을 강조한 사람은 바로 보르되이다. 사실 보르되는 두 가지의 균형을 제안했다. 하나는 신체를 좌우로 나누는 것이고, 다른 하나는 상하로 나누는 것이다.

《점막 조직에 관한 연구》에서 그는 다음과 같은 글을 썼다. "특별히 주목을 받을 만한 점이 하나(협착) 있는 것 같다. 그것은 신체를 좌우 이등분했다는 것이고, 《임파선에 관한 연구》에서는 일반적 봉선(raphé)이라는 이름으로 설명되어 있다." (raphé는 히포크라테스가 접합 부분을 가리키며 사용한 용어이다.) 그것은 신체를 양분하는 실제적 해부도이고, "해부학자들이 상상한 존재는 절대 아니다."

보르되는 저서 《만성적 질병에 관한 연구》에서 다음과 같이 주장했다.

"살아 있는 육체를 균등하게 등을 맞댄, 즉 중심축을 향해 붙어 있는 이등분으로 형성된 것처럼 다루었다. 한쪽 부분들은 다시 말하면 간에서 어깨까지 그리고 오른쪽 다리를 이루는 부분,

다른 한쪽 부분은 비장에서 어깨 그리고 왼쪽 다리를 이루는 부분들로 종종 위에서 아래로, 서로 곧장 상응한다. 고대인들은 그런 사실을 잘 관찰했었고, 현대인들은 그 점을 너무 소홀히 했다." 그러니까 측면적 소통이 있는 것이다.

하지만 또 다른 균형 역시 존재한다.

"코스 섬의 학자들의 일별에 따르면 육체는 또한 횡경막의 위치가 정해져 있으며, 중심축을 상·하부 두 부분으로 나누는 구성으로 되어 있다고 했다. 이 양쪽 부분은 횡경막의 침하에 내장 전체를 대립시키는 **저항**을 통해 끊임없이 서로 균형을 잡는다. 그 양쪽 부분을 느끼고 예측할 줄 아는 사람들에 있어서는 이 **내장의 저항**은 사실 놀라운 현상을 야기한다."

이것이 바로 그 유명한 **횡경막**의 역할이다. 이 용어의 의미 그대로 나는 이것이 바로 현대 해부학적 용어에서 지속되는 유일한 플라톤적 은유라고 생각한다.

비샤

비샤는 외부에만 관계되는 또 다른 균형과 외부와 내부를 대립시키는 본질적인 불균형을 제안한다는 점이 흥미롭다. 설사 비샤가 보르되를 비난한다 하더라도 그는 어느 정도 보르되 쪽에 가까운 입장에 서 있다.

《생과 사에 대한 생리학적 연구》[16]라는 유명한 저서에서 비샤는 두 형태의 생명이 존재한다고 말했다. 하나는 기관적 생으로 영양적 활동을 말하고, 또 다른 하나는 동물적 생, 즉 외부로 향한 관계적 생에 해당되며 세계와의 소통을 포함한다.

동불적 생은 균형을 잘 유지하고 있다. "동물적 생이 갖고 있는 기관들과 기관적 생이 갖고 있는 기관들 사이의 가장 근본적인 차이점은 균형과 불균형이라는 점이다……." 물론 예외는 있다. 가자미나 몇몇 무척추 동물이 그 예이다. 인간에게 있어서 원리는 명백하다. "그것을 알아보려면 검증으로 족하다." 즉 좌우 대칭인 눈과 귀 등의 기관이 있으며, 정중선은 혀에서 나타난다. "피부에서는 이 정중선의 흔적이 항상 명확한 것은 아니다. 하지만 이 선이 도처에 있는 것으로 추정된다……. 감각의 느낌을 전달하는 신경은 그것이 시각·청각·미각·후각이든간에 확실히 균형적인 쌍을 이루고 있다."(17쪽) 반면에 내부, 영양 기관으로 향한 것은 불규칙적이다. 그러므로 심장, 장의 섬유들, 교감신경 등이 여기에 속한다. 기관적 생에 속한 기관들은 "불규칙적으로 배치되어 있다……. 신장들도 서로 위치가 다르고, 어린이들에게 있어서는 엽의 수, 동맥과 정맥의 굵기와 길이 등이 차이를 보인다. 특히 신장의 다양성 때문에 서로 가지각색인 것이다."(20쪽)

동물적 생은 **구별**의 생이다. 반면에 기관적 생은 **교감성**의 생이기 때문에 혼란과 더 근접하다. 동물적 생은 **좌우 각각의 생**

---

16) 1829년 F. 마장디의 파리 발행본을 인용했다.

으로 구별된다. 그래서 어떤 마비의 경우가 있을 때면, 생존을 가능케 하는 그 구분이 확연하게 드러난다. "반면에 기관적 생은 고유한 체계를 갖는데, 그 안에서는 모든 기관이 상호 연결·조정되며, 한쪽의 기능들이 중단된다면 다른 한쪽의 기능들도 필연적으로 멈추게 된다. 좌편에 있는 간에 질병이 생기면 우편에 있는 위의 상태에 영향을 끼친다……. 결과적으로 한쪽 편의 내부 생에 속한 모든 기관들이 기능 활동을 멈춘다고 가정한다면, 그 반대편의 기관들은 반드시 활동을 멈추고 이어서 죽음에 이르게 된다."(22쪽)

이 균형을 깨트리는 것은 다소 그 기능들도 마비시킨다.

생명에 해를 끼치지 않고도 기관적 생에 속한 내장들의 위치를 바꿀 수 있다. 하지만 동물적 생의 경우에는 질서와 공간화가 중요하다. "동물적 생에서는 구조의 다양성이 거의 보이지 않는다. 만일 그 반대라면, 기능들에 장애가 생기고 활동을 멈추게 된다." "기관들의 기능들은 **조화**를 이루고, 구조들은 **균형**을 이룬다. 조화는 역량과 활동의 완전한 균등을 전제하고 균형이 외형과 내적 구조의 정비례를 의미하는 것처럼 말이다……. 반대로 **부조화**는 기관적 기능의 속성이다……."

또한 그것은 **내적 감각**이기도 하다. 비샤는 다음의 글을 썼다. "뇌 반쪽의 활동이 비균등하다고 전제한다면 지적 기능에는 장애가 생겨날 것이다."

"생명적 힘, 그리고 위·신장·간·허파·심장 등 안에서 다양하게 그 힘을 이용하는 자극물은 꾸준히 불안정한 균형을 야기한다……. 그 이외의 다른 모든 것은 동물적 생에서는 항구적이고 일률적이고 규칙적이다." 모두 기관적 생과 연결되어 있고, 그것은 교감적이다.

비샤의 미학

그러므로 균형과 조화는 외적 환경을 조절하고, 불균형과 부조화는 내부 환경의 특징이 된다. 우리는 인간의 외형이 **폴리클레이토스적**이라고 말할 수 있을 것이다. 그런 의미에서 외형은 폴리클레이토스의 《카논》에서처럼 관절, 전체와 부분의 관계, 부분의 존엄을 전제한다.[17] 이 관점이 오류는 아닐 것이다. 비샤가 미에 관해 글을 썼다는 것은 잘 알려진 사실이다. 사실 비샤의 **미학**을 생각하게 된다. 그 아름다움의 윤곽이 잡혀지는 게 보이기도 한다. 《균형적 기관과 불균형적 기관 사이의 관계에 관한 연구》에서 비샤는 다음과 같이 썼다.

"너무 장황했던 비교 설명을 이제는 마무리해야겠다. 그 비교 설명에 관한 추상적인 명상의 결과일 뿐인 추론을 삼가겠다. 그렇지만 한 가지를 지적하지 않을 수 없다. **불균형인 기념물의 모습에서 불쾌감을 느끼게 하고, 균형적인 구조물을 보고 쾌락을 맛보게 하는 자연적인 미적 감각과 우리의 외부 기관들의 균**

---

17) 나의 저서 《예술과 생존자》, 파리, 갈리마르, 1995.

형적인 형태 사이에 어떤 관계가 있는지 알고 싶다. 우리의 기관 구조[비샤가 사용한 용어는 아직 완전하게 정착하지 못했다]의 완벽함에 대한 내적 인식으로 말미암아 우리는 동일한 법에 예속되지 않은 어떤 외적 배열도 받아들이지 않게 되고, 오히려 동일한 법에 근접하는 모든 것에 갈채를 보내게 되는 것인가?"

확실히 미의 표현에 있어서 '객관성'을 띠는 듯한 이 지적을 현대 미학, 즉 피넬이 감동적인 찬사를 보낸, 빙켈만의 영향을 받은 신고전주의와 분리시켜 생각할 수는 없다. 폴리클레이토스와 아폴로, 그리고 빙켈만의 취지에 따르면 비샤의 미학은 절대로 규칙적인 것 같다. 《백과전서》에는 Symmetria를 다음과 같이 정의하고 있다. "우리가 이제부터는 고대인들인 'symmetria'를 이해했던 것과는 다르게 'symmétrie(균형)'란 단어를 이해했다는 사실은 주목할 만하다. 왜냐하면 균형에 해당되는 그리스어와 라틴어는 현대에서의 균형이란 의미보다는 오히려 비율만을 의미하기 때문이다. 균형은 총체적 아름다움을 만들기 위한 부분들의 높이와 넓이 혹은 길이 등의 동일 관계를 가리킨다." (조쿠르) 그렇지만 비샤에게 있어서는, 위의 두 가지 의미가 서로 혼동되지 않고 서로 일치한다고 말할 수도 있을 것이다.

열정

"'열정' '감동' '애정' 등등의 단어들은 형이상학 학자들이 사용하는 용어에서는 서로 다른 실재를 표현하고 있다. 하지만 그 단어들이 표현하는 일반적인 감정의 효과는 기관적 생에서 볼 때는 늘 동일한 것이다. 그리고 그 일반적 효과가 나에게는 유일한 관심의 대상이며, 그에 따른 부차적인 현상은 중요치 않다. 나는 그 단어들을 구별 없이 사용한다"라고 비샤는 그의 저서에서 기록하고 있다.

비샤에게 있어서 문제는 명백하다. 내적 생에 속한 기관들은 열정의 흡족한 본거지인 것이다.

"열정이 우리와 우리 주위의 다른 존재들과의 관계에 일상적으로 파고드는 것은 물론 놀라운 일이다……. 그렇지 않으면 동물적 생은 무정한 일련의 지적 현상에 불과할 것이다……. 내가 볼 때 참으로 놀라운 것은 열정이란 용어나 그 어원을 갖고 있는 기관들이 없으며, 오히려 내적 기능을 수행하는 부분들이 한결같이 열정에 영향을 받는다는 사실이다……."

바로 열정을 둘러싸고 육체와 정신의 일원론 혹은 이원론의 문제가 첨예하게 나타난다는 사실을 알 수 있다. 지금은 이 문제를 논하는 것이 적당하지 않다. 열정의 영역인 부조화스런 내부와 조화의 영역인 외부 사이에서 새로운 형태의 이원론이 탄생하는 것을 보는 일이 유일한 흥밋거리일 뿐이다.

은유

비샤에게 있어서 "'비위를 거스르면서, 정맥을 돌고 있는 격분' 등등의 표현은 시인들이 사용하는 **은유가 결코 아니다.** 이것은 자연에 실재 있는 것에 대한 진술이다. 또한 내적 기능에 차용된 그 모든 표현들은 특별히 우리의 노래를 파고든다. **그 노래는 결과적으로 기관적 생에 속한 열정에 관한 언어이다.** 그리고 일상의 말은 이성과 동물적 생의 말이다."

좀더 깊게 다루어 보자. 노래·서정시·시 등은 기관적 생에 속한 언어이다. **갈망이 고갈되다, 두려움으로 좀먹다** 등의 표현은 문학적 의미에서 이해해야 한다. 비샤는 열정과 **정신 질병**의 본거지 혹은 원인이 되는 상복부, **심장(kardia)**, 내장이 있는 이 공동 부위에 몰두한 듯하다.

"고대인들은 구조 법칙에 관해 오늘날의 현대 물리학자들보다 더 잘 알고 있었다. 고대인들은 침울한 감정들이 나쁜 기분들과 함께 하제를 통해 배출된다고 믿었다. 중요한 기관 속에 있는 방해물들을 제거함으로써 고대인들은 그런 침울한 감정들의 원인을 사라지게 했던 것이다……. 초창기 의사들이 범한 우울증에 관한 오류는 그렇지만 기관들과 정신의 상태와의 상관관계에 대한 그들의 정확한 관찰력을 증명해 주고 있다."

"차례로 영향을 받은 간·허파·비장·위·심장 등등은 순차적으로 오늘날 현대 작품 중에서도 널리 알려진 상복부의 중심을 형성한다……."

현실적 증거로서, 고통을 겪는 부위를 가리키는 동작 또한 존재한다. 내가 위에서 언급했었고, 칸트가 말한 운제르 질환이 그 예이다. "환자들은 의사에게 자신들의 **상복부**를 가리켜 보여주면서 '바로 이곳에 나의 죽음이 있어요. 이곳에 있는 것을 제거해야 합니다(Hier sitzt mein Tod, hier muss er ausgerssen werden)'라며 고통을 호소한다. 환자들의 판단이 옳다"라고 칸트는 말했다.

보르되는 저서 《만성적 질병에 관한 연구》에서 다음과 같이 기록했다. "우리는 의사들이나 생명의 원질을 막강한 힘처럼 생각한 반 헬몬트보다도 고대 철학가들에게서 더 인정을 받은 심와부와 상복부 부위의 활동을 강조하지 않을 수 없다고 생각했다. 거의 모든 육체적 수고나 거의 모든 감각의 거점, 본거지, 귀착점을 그 부위들에 설정해 보자. 열정의 작용과 격동, 다양한 식욕의 결과, 삼켜져서 위로 내려가는 온갖 음식의 효과 등이 그 예이다. 그 부위들은 **상복부 · 횡경막 · 위**에 관련된 가장 예사로운 질병들의 본거지이다. 그 부위들은 신경적 원동력의 진행과 발전에 있어서 머리만큼 중요한 중심부를 형성한다. 신경적 원동력은 항상 **상복부**와 **심와부** 부위로 향하는 경향이 있다. 이 부위는 해부학자들로부터 크게 인정을 받지 못했지만 자가 진단을 해볼 줄 아는 모든 사람들의 경험을 통해 입증되었고, 상복부 신경의 이상한 진행 상태를 통해 설명되어질 수 있었다."

과연 나는 내 자신에 관해선 최초의 의사가 되고, 최초의 전문가가 되어야 하는 것이다.

우리는 보시다시피 극도로 복잡한 상황 속에 있다. 궁지에서 벗어나야 할 필요가 있다. 이 표현은 거칠지만 그러나 문제를 잘 요약해 준다. 정신 질환을 내장 속에 축적하기란 사실 불가능하다. 칸트는 저서 《두개골에 관한 질병》에서 그 사실을 훌륭하게 잘 드러내고 있다. 칸트는 유머 있게 '궁지에서 벗어났다.' 하지만 환자의 언어를 은유로 축적하기란 불가능하다. 어쨌든 신중한 것은 아니다. 그것은 수사학적 의미에서의 은유를 말하진 않는다. 그것은 **배출**을 의미한다.

내부의 언어, 내장의 언어는 우리가 부르는 은유의 형태를 통해서만 입 밖으로 **나올** 수 있다. 내가 위에서 언급했던, 아이스킬로스의 비극 《아가멤논》의 **비극적 송가**(975)를 다시 다루어야 할 필요가 있다. 독자 편에서 볼 때는 은유가 있지만, 그 시인은 은유를 사용하지 않았다. 적어도 그 시인에게 있어서는 은유가 아니었다. 달리 말하면 사람들은 사실 여부를 따지기 전에, 시가 진실이기 때문에 시를 쓴다. 같은 방식으로 환자에게는 아니지만 의사에게는 **상복부의 은유**가 있을 뿐이다.

은유는 존재하지 않는다라는 단언을 시발로 하는 은유에 관해 철학 혹은 시 분야에서는 별다른 생각이 없는 것 같다. 병 혹은 시, 이 두 가지를 대상으로 하는 은유는 그것이 훌륭한 은유가 되었을 때는 그 두 대상을 불가분적으로 단일화한다. 이 말은 조금은 생생하고 역설적이긴 하지만 창조적 은유, 현재 **실행되고 있는** 은유[18]에 대한 확고한 견해에는 필연적인 선결 조건이기도 하다.

나는 《문학 전기》 속에 담겨 있는 시인 콜리지의 성찰에 감탄했다. 하지만 리쾨르는 시와 철학에 분절을 가한 콜리지를 비난했다. 리쾨르에 따르면 "콜리지는 철학과 비철학의 굴곡 작용에 매달려 있다." 리쾨르의 지적은 옳지 않다. 그는 수사학과 시를 혼동하고 있는 것이다. 사실 시는 특수성과 존엄을 갖고 있는 적절한 분야이다.

콜리지는 다음과 같이 썼다. "예를 들면 본능 같은 것에 이끌렸던 사람들이 늘 있어 왔다. 그들은 자신들의 본성을 문제로 여겼고, 그 문제의 해결에 온갖 노력을 바쳤다." 감탄스런 이 문장은 여러 방식으로 해석될 수 있다. 인류의 본성에 관한 것인가, 아니면 개인의 본성에 관한 것인가? 물론 두 경우 모두 해당된다. 그것이 바로 시의 기능이다. 비샤가 갖고 있는 시의 개념은 '자연적인' 언어로서 본래의 것이다. 그렇지만 그에게 은유의 문제를 거론하는 것은 그리 좋은 방법이 아닐지도 모른다. 그가 은유에 관해 질문을 던지지 않았기 때문이다.

비샤가 인간에게 부여한 구조는 기본적이고, 명백하고, 돌이킬 수 없는 이원론이다. 그것은 절대적으로 융합될 수 없는 두 가지의 현실처럼, 공간에 놓여 있는 안과 밖의 이원론이다. 어떤 것이 둘 사이에 관계를 맺게 하는 것일까? 그것은 바로 생

---

18) 나의 저서 《환영의 진실》의 주석을 참고하기 바란다. 파리, 1996, 리바주 문학 총서.

이다. 바로 생이 그 양면을 함께 존재하도록 한다. 산다는 것은 시적 행위이다. 산다는 것은 최초의 은유적 행위이다.

내가 콜리지의 글을 인용한 이상, esemplastic(서로 대조되거나 불협화음적인 성격이 조화 내지 타협음을 이루는 자리에서 표출되는 힘)처럼 활동적인 상상력에 대해 그가 내린 정의를 한번 살펴보겠다. 콜리지는 상상력의 최초의 형태를 고려할 목적으로 esemplastic이란 새로운 용어를 제안한다. 콜리지는 다음과 같이 썼다. "Esemplastic, 이 용어는 존슨에게서 빌려온 것이 아니다. 나는 그를 만난 적이 한번도 없다. 나는 이 용어를 eis hen plattein, 즉 **하나로 만들기 위해 형태를 잡는다**라는 뜻의 그리스어에 착안해서 직접 만들어 냈다. 그 이유는 새로운 의미를 전달할 필요성을 내가 느꼈기 때문이고, 그 새로운 용어가 내가 의미하고 싶어하는 것을 기억해 내는 데 도움이 되는 동시에 일반적으로 **상상력**이란 단어가 함축하고 있는 것과의 혼돈을 막아 줄 거라고 나는 생각했다." **하나**로 만든다. 그것은 은유의 문제이고, 자연과 기질에 연결된 것은 바로 하나의 형상이라고 말할 수 있었던 아리스토텔레스가 이제 이해가 된다.

생은 하나로 만든다. 생은 하나이다. 산다는 것은 시적 행위이다. 이 제안은 아주 진부하게도, 비샤의 확대된 견해에 담겨 있는 본래의 뜻을 받아들이고 있다. 산다는 것은 무질서에서 질서로 옮아가는 것이고, 부조화가 조화를 향해 진행되는 것이다. 그리고 그것은 미를 형성하기 위해 **뒤범벅**에서 벗어나는 것이다. 그것은 또한 생의 **진보**인 것이 사실이다. 비샤에게 있어서

균형은 생명체들의 연쇄의 진보와 대등하다. 프랑스 음악 프로그램에서 나는 한 음악가가 자기는 어린 시절 때부터, 외부가 균형적이었기 때문에 자기 내부를 느낄 수 있었다고 말하는 것을 들은 적이 있다. 이것은 자가 절단의 상태까지 진행되었다. 만일 그녀가 넘어져서 한쪽 무릎을 다쳤다면 다른 한쪽의 무릎에도 찰과상을 입혀야만 했다. 비샤의 견해를 매우 잘 실천에 옮긴 사례이다.

"가장 훌륭한, 동시에 가장 희귀한 구조를 가진 사람은 균형을 이룬 두 생을 가진 사람이다. 그러므로 뇌와 상복부 이 두 중심부는 서로 동등한 활동을 실행한다……. 우리가 '특성'이라 부르는 것을 구성하는 것이 바로 동물적 생의 행위에 끼친 열정의 영향이다. 특성은 기질처럼 분명히 기관적 생에 속해 있다"라고 비샤는 글을 남겼다.

정신적 **건강**, 혹은 침착, 평온이라 불릴 수 있는 이 균형은 결국 두 동등한 힘의 행위와 반응의 결과로 제로 단계이다. 칸트와 그의 저서 《철학에 부정량 개념을 도입하려는 시도》를 유념해 보자. 모든 제로 단계들처럼 균형은 흥미도 없고, 최소한의 미학도 갖고 있지 않다. 하지만 그것은 **색채**처럼 결정짓는 특성인 것이다. "우리의 외부 행위는 동물적 생에 속한 밑그림이 있는 그림 한 점을 형성한다. 하지만 기관적 생은 그 그림 위에 열정의 명암과 색채를 번지게 한다. 즉 이 명암과 색채가 바로 특성인 것이다."

내-외부의 관계는 잘 조화된 균형 속에서 유지된다. 짐승을

길들이는 것은 물론이지만 미의 가치와 힘을 확립해야 한다. 만일 우리가 건축의 균형미를 좋아한다면, 그것은 우리 외적 육체의 유추를 통해서 이루어진다. 또한 이 사실은 미가 자연적이며 인간적이고 인간 본성의 연장이라는 것을 의미하기도 한다. **외적 환경**(그리스어 êthos의 첫번째 뜻이 외적 환경이라면), 인간의 외적 환경은 인위 구조에 속하지만, 외적 환경은 인간의 본성 위에 근거를 두며 아름답다. 이 견해는 확실히 건축학적 분류에 속한다.

화가 뒤러의 《멜랑콜리아》에 관해 숙고해 보자. 그 작품에 또 다른 해석을 추가하려는 것은 아니다. 하지만 **우울**을 비례와 혼동 사이의 투쟁이라고 잠시 상상할 수는 없을까?

나는 그것이 뒤러의 견해라고 주장하진 않겠다. 피킨의 해석을 비샤의 해석으로 대체하고 싶지 않다. 단지 나는 비샤가 제안한 내/외의 불균형이 역전을 가능케 한다고 생각했을 뿐이다. 외부에서 내부로, 부동에서 변화로, 증상에서 변동으로의 역전을 말한다.

조화/부조화, 외부/내부의 불균형은 **형상적으로** 매우 흥미롭다. 그 불균형은 내부를 표현케 하고, 또한 혼란의 상태를 짐작케 한다. 나는 열정에 대한 설명이나 연구로 그와 같은 일을 할 수 있다는 것을 잘 알고 있다. 이 문체에는 설명은 없고 **증상**만 있다.

비샤에게 있어서 공간의 이원론은 해석의 의미를 바꾼다. 오래전부터 뒤러의 조각에서 발견됐던 것처럼 **규율 바른 것, 질**

서 정연한 것, 규칙, 균형은 큰 무질서 속에 있다. 이 무질서는 나에게 내적 무질서를 환기시키는 것으로 충분하다. **내부에는** 끔찍한 비극이 있다는 것을 나는 알고 있다. 다른 사람이 내 내장의 꼬임을 풀어 줄 필요는 없다. 규율 바르고 질서 정연해야 하는 것의 외적 무질서는 **우울증의** 표시이다.

  항상 해독과 해석이 관건이 아닐까? 우리는 우리 자신이나 타자에게 있어서는 수수께끼 같은 존재이다. 어떤 방법으로 질문을 던지든, 내가 나의 명상과 생을 마감하는 것은 '한 정지된 영상' 위에서이다. 타자가 보기에는 죽음은 멍한 시선인 것이다. 내 시선과 똑같은 시선이 당신을 들여다보고 있다. 앞으로는 결코 나의 시선이 내 자신을 반사하지 않을 것이다. 왜냐하면 반사된 본래의 모습이 타자가 아니라 내 자신이라는 사실을 몰랐기 때문이다. 다시 말하면 그것이 바로 우울증에 대한 혼돈되고 정도를 벗어난 직감인 것이다. 그것은 또한 한편으론 해독해야 될 수수께끼이며, 또 다른 한편으론 대리석 탁자 위에 놓여 있는 개방된 물체인 것이다. 그 두 가지 모두에 살아 있는 자의 비밀이 있고, 무엇보다도 자기 자신에 대한 비밀이 있다. 우울증은 그 비밀에 대한 고통이다. 이것으로 잠정적인 정의는 충분하다. 두 표면의 대면은 외부와 내부의 대립에 반항한다. 우리는 아리스토텔레스가 티레니아의 해적들이 시체들과 산 자들을 오차 없이 정확하게 서로 마주 보게 묶어 놓고 가한 고문과 영혼과 육체의 합일을 비교한 부분을 기억한다. 죽은 자와 산 자와 그것을 바라보는 제삼자 중 누가 강자일까?

3

사포, 육체는 알고 있다

시는 창조적인 직감과 비통한 유추와, 시가 정당성을 확립하지 않았다면 아무런 의미도 없는 맹목적인 관계로 시간 속에서 전개되고 펼쳐진다.

나는 전 시대를 통해 유명했었던 시인들과 어깨를 나란히 하고 있는 서정시인 사포에 관해, 그리고 롱기노스가 단편서 《숭고에 대하여》[19]에서 개진한 놀라운 견해에 관해 말하고 싶다.

"내게는 신처럼 여겨지는 저기 저 사람은 당신과 마주 보고 앉아서 당신의 감미로운 목소리와 매력적인 당신의 웃음소리를 듣고 있습니다. 당신의 웃음은 내 가슴에 있는 심장을 공포로 서늘케 할 정도입니다. 내가 당신을 살짝 엿보기라도 한다면, 정말로…… 나는 더 이상 말을 할 수 없게 됩니다. 한마디조차도 말입니다. 이제 내 말문은 막혀 버렸지만 내 살가죽 아래로 섬세한 불길은 번져 나가고 있습니다. 내 눈에는 이제 어

---

19) 1991, 리바주 문학 총서, X, I, p.70.

떤 시선도 남아 있지 않고, 내 귀는 윙윙거리고 있습니다. 내 몸에는 식은땀이 흐르고, 전신이 부르르 떨립니다. 나는 초원보다도 더 시퍼렇게 변해서 거의 죽은 사자처럼 되어 버립니다. 하지만 참고 견뎌내야 한다. 왜냐하면……."

사포의 육체가 바로 여기에 표현되어 있다. 혹은 그게 누구든간에 아무튼 화자의 육체가 여기에 있다. 왜냐하면 어떤 이들은 여기서의 화자는 사포라고 말하고 싶어했기 때문이다. 자, 어쨌든 그 육체는 다양한 감각으로 분산되고, 더욱이 몇몇 사람들이 언급했던 것처럼 여러 증상들로 고통을 받고 있다. 그러나 롱기노스가 숭고성의 예로 이 시를 인용한 것은, 이 시가 어쩌면 콜리지처럼 **통합된** 힘(esemplastique), 하나로의 응집이기 때문이다. 여기에 소개된 것이 사포의 육체이고, 시가 있는 장소이며, 이것이 바로 시이다.

이 고대 시는 많은 독서가들과 번역가들로부터 수차례 번역이 되었던 시이다. 필리프 브뤼네가 카툴루스부터 현대에 이르기까지 이 단편의 다양한 번역본을 한 권으로 묶은 일은 잘한 일이다.[20] 내가 인용한 번역은 다른 여러 번역 중의 하나일 뿐이다. 이 번역은 그러나 근거 없는 환상에 입각한 것은 아니다. 이 시를 이해하기 위해선 안내자, 즉 문헌학자의 의견을 존중하고, 그 학자들의 도움을 받아 텍스트에 있는 함정을 조심해야 한다. 그 이유는 문헌학자가 나아갈 방법을 알고 있는 것이 아

---

20) 사포의 《신들과의 동등》, 알리아, 1998.

니라, 위험이나 최상의 해법을 알고 있기 때문이다. 나는 지름 길을 선택하길 바랄 뿐이다. 그 길이 정도이고 시적 관념에 확실히 적합하다고 생각한다. 나는 바로 그런 길을 찾아보려 한다. 숭고성을 따라가는 것이 생리적이며 산을 등정하는 듯한 은유라는 점에 대해 송구스럽게 생각할 따름이다.

우선 남자와 상대 여자가 서로 마주 보고 있는 장면이 펼쳐진다. 사포가 묘사했던 그 혼란은 바로 이런 발현, 이 명백한 사실에서 비롯된 것이다. 그리고 장면과 감각을 연결짓는 난해하지만 매우 중요한 시구가 있다. 나는 그 시구를 다음과 같이 번역했다. "내가 당신을 살짝 엿보기라도 한다면, 정말로……." 불안한 이유가 이 구절 안에 은닉하고 있다.

1856년 H. J. 헬러의 평론이 있은 다음부터, 질투심의 결과로 일어난 사포의 사랑의 감정 혼란이란 해석은 너무 성급하게 일반화되어 버렸다. 헬러는 그 시구가, 그의 표현을 옮기자면 질투, zélotypie의 감정을 표현하고 있다는 점을 염두에 두어야 한다는 글을 썼다. 마주 보고 앉아 있는 청년의 귀에 대고 부드럽게 속삭이고 웃음을 지어 보이는 처녀를 사포가 우리에게 묘사한 데에는 무슨 다른 이유가 있는 것인가?라고 그는 순수하게 말했다.

1970년 민족정신의학자 조르주 드브뢰는 《클래식 계간지》에 논평을 실었는데, 확신에 찬 그는 사포가 묘사한 느낌은 실재로 어떤 증상을 구성한다고 단정을 내렸다. 그 증상은 임상 관찰에서 표출되고 불안의 발작 증세가 나타나고, 그 불안은 질투라는 평범한 감정과는 아무런 관계도 없다. 그리고 분석에 의거하면 증상은 사포의 적극적인 여성 동성애를 표시하는 것이었고, 그 증거는 확실했다. 드브뢰는 심지어 그 발작 증세에 근거를 두고 텍스트를 수정하고, 내가 나중에 다루게 될 동사들 중한 동사에 대해서는 다른 유형의 해석을 택하기까지 했다. 문헌학이 늘상 건재함을 보여준 것이다. 드브뢰는 다음과 같이 결론을 내렸다. "사포가 일으킨 발작은 불안감의 전형적인 발병 증세이다. 사포가 묘사한 상태로 보아 그런 발작의 출현은 최초의 증세로 사포의 확실한 여성 동성애를 표시하고 있다."

그러므로 그 장면을 좀더 근접해서 분석해 볼 차례인 것 같다.

"내게는 신처럼 여겨지는 저기 저 사람은 당신과 마주 보고 앉아서 당신의 감미로운 목소리와 매력적인 당신의 웃음소리를 듣고 있습니다. 당신의 웃음은 내 가슴에 있는 심장을 공포로 서늘케 할 정도입니다……."

헬러의 견해를 존중한다면, 사포의 질투심은 바로 불안을 낳는 이 장면의 지각에서 도출된다——화자가 누구든간에, 이제 내가 '화자'를 그 시인으로 간주한다 할 것이다. 어쨌든 우리는 사랑의 삼각관계에 놓여 있게 된다. 사실 그것은 당연히 수사학적 허구에 관련됐다는 점이 지적되어 왔다. 그 문제의 '사람'은 단순히 수사학적 변명이나 조연이 될 수밖에 없을 것이고, 상반된 결과들을 초래하게 될 것이다.

우선 만일 그것이 단순히 수사학적 변명이라면, 삶에서 일어나는 사건이 아니기 때문에 일반적으로 사포의 '병리학'을 사실로 받아들이기 어려울 것이다. 어쨌든 그 '병리학'을 드브뢰처럼 '임상 전문의'로 취급하기는 어려울 것이다. 하지만 우리가 시의 해석에 있어서는 '순수한 단계'에 있다는 점을 시인해야 한다. 시적 진실과 진솔성과 우수성을 식별하는 단계이다. 폴 베인이 그 경우에 해당되고, 그는 저서 《고대 로마의 연애 비가》에서 예를 들면 "일인칭으로 전개된 비가는 불규칙적인 열정적 삶에 관한 전형적인 상황과 감정의 합성사진이다"라고 썼다. 비애적인 고대 로마인들은 진솔적이지 않았다. 그러므로 우리는 쉽게 속게 될 것이다. 확실히, 로마인들에게 해당되는 사항은 그리스인들에게도 동일하게 적용되고⋯⋯.

　제일 먼저 장면이 시작된다. 그것이 허구적이고, 틀에 박히고, 변명적이라 하더라도 중요치 않다. 비평을 하기 위해선 시에 대한 순수한 개념을 정말로 가져야 한다. 시가 대상일 때, 서정 단시의 그 도입부에서 중요한 것은 그것이 사실이란 점이다. '함께 있는 행복'이라 불릴 수 있는 무엇인가를 직감하는 것은 가능하다. 두 존재가 만났고, 그렇게 되어서 두 사람은 행복하다. 그 점이 표현되어 있다. 그들은 친밀하고 은밀하다. 여자는 속삭이고 있고, 남자는 물론 아무런 장애 없이 듣고 있다. 시를 전개해 나가기 전에 사포는 자기의 **비애감**과 상대방이 표현하고 있는 고귀한 **무감정**의 대립을 분명히 하고 있다. 속삭임과 웃음소리는 반면에 사포에게 공포심을 일으킨다.

　그런 후 이 시는 지각을 묘사하고 있다. 환상은 한번 일어나거나 반복될 수도 있고, 혹은 아닐 수도 있다. 환상은 짧고 일시적이다. 그리고 드브뢰의 견해를 따르면 증후학적 소견인 불안감이 나타난다.

지각은 순간적이지만 그 여자에게서 생리적 무질서를 초래한다. 나는 그 견해를 따르지 않을 것이다. 드브뢰가 아무리 자료를 많이 수집했다 하더라도 그와 그의 오진은 회고적이고 지나치게 틀에 박혀 있다. 그렇지만 내 생각에는, 드브뢰에게서 배울 점은 사포가 불안감을 나타내고 있는 묘사에서 절대 심리학적이지 않는 특징을 갖고 있다는 것이다. 감정과 애정에 관한 일반 심리학자의 해석은 불충분하다. **병리학적인 폭력**을 강조해야 한다.

바로 이 폭력이 단절을 분명히 드러낸다. 분리는 회복될 수 없다. 이것은 명확성의 영역이므로 **암시**에 관해 논해 보는 것이 좋을 듯싶다…….

시선, 포착, 환상의 순간성은 중요하다. 확신을 주기 위해 환상의 반복을 상정할 수도 있지만, 그러나 환상에는 지속성을 배제해야만 한다. 질투와 아무런 관계가 없다라고까지는 말하지 않더라도 그런 유의 평범한 감정과의 절대적 관계는 배제된다. 반면에 명백하게도 상황의 필연성으로 인해 상처입은 마음과 자기 자신의 소외라는 측면은 관계가 있다라고 말할 수 있다.

그러므로 혼란스런 사랑에 관해 묘사한 그 다음 연은 절대적으로 오직 여인에 관한 환상에 집착되어 있을 수 있다. 하지만 사포가 우선적으로 우리에게 선보인 그 장면이 우리의 기억에 남아 있다. 물론 그 기억은 막연하며, 적어도 여러 영상이 겹치는 식으로 발생한다. "내가 당신을 살짝 엿보기라도 한다면"이란 말이 들릴 때면, 연인이 함께 있는 바로 그 장면 앞에 우리가 여전히 서 있게 되는 것이다.

타자들과의 조화로운 관계에 직면해서 주어진 상황은 협조의 불가능성이며, 그것은 바로 '장면에 참여'할 수 없는 것으로 나타난다. 그렇기 때문에 타자, 관객은 영원히 제외된 셈이다. '함께 있는 행복'의 장면에서 타자는 필연적으로, 절대적으로, 존재학상으로, 내가 감히 말하면 분리의 결과인 소외된 자기 자신을 인식하게 된다. 그것은 무존재, 무력감, 사랑의 가능성의 배제로 인한 죽음의 체험이다. 그 체험은 즉각적이다. 즉 시선의 순간적이고, 돌이킬 수 없는 체험인 것이다.

카툴루스는 알다시피 **번역**이란 말을 사용할 수 없을 정도로 사포의 시를 변형시켜 놓았다. 4연으로 된 카툴루스의 시를 차례로 3연을 옮겨 보겠다. 마지막 연은 카툴루스에 관한 개괄을 참조하기 바란다.

"그는 신과 대등하게 보입니다.
감히 말한다면, 내가 보기에 그는
신보다 더 위대합니다.
그는 당신과 마주 보고 앉아서, 끊임없이 당신을 응시하고,
당신의 웃음소리를 듣습니다.

감미로운 웃음은 나의 모든 감정을 빼앗아 갑니다.

왜냐하면 레즈비아, 당신을 본 순간부터,

내 입 안의 목소리는 이제 남아 있지 않기 때문입니다.

그러더니 이제 내 혀는 마비되었고,

섬세한 불길이 내 몸을 타고 흐르고,

내 귀는 본능적인 소리에 고정되었고,

내 눈은 어둠으로 뒤덮였습니다."

이 라틴계 시인은 사포의 시에 주석을 달아 놓았던 것이다. 사포의 서정시를 장식했다고 말하는 것이 더 좋을 것이다. "감히 말한다면, 내가 보기에 그는 신보다 더 위대합니다." 이 구절 다음에 나오는 '끊임없이'라는 부사의 가치에 주의를 기울여 보자. 카툴루스에 대한 최근 해석가들 중 한 사람은 형용사이기보다는 부사 혹은 전치사인 '마주 보고 혹은 면전에(en face de)'가 끊임없이와 연결되며, 카툴루스가 '사포의 서정시에서는 특별한 상황이었던 것을 일반화' 시켰다는 점을 주목했다.

나는 오히려 일반화 그 이상이라고 생각한다. 여기서 시간, 기간을 가리키는 부사는 카툴루스의 매우 정교한 심리적 기호이며, 화자에게는 가혹하지만 서로 마주 보는 행복을 영속성 혹은 영원성에 고정해 놓고 있다. 게다가 spectat, '주시, 응시'는 상대방을 응시의 영원성에 머물게 한다. 즉 영원히 응시할 수 있게 된 것이다. 그 응시는 사포의 《송가집》에는 존재하지 않는다. 응시는 카툴루스에게 현재의 '머물기'와 이야기의 시간인 과거에서의 지속 사이에 흥미로운 관계를 가능케 한다. "내가 당신을 본 순간부터……." 이것은 순간적 암시를 나타내 주는 것이다.

사포가 사용한 그리스어 phainetai의 영향력과 카툴루스가 사용한 라틴어 videtur를 비교해 보는 것이 좋겠다. 그리스어 동사가 저만치 있는 저 사람을 확연히 더 내포하고 있다……. 이어서 **여겨진다, ~처럼 보인다**의 의미가 첨가되는 것이다. 카툴루스의 시에선 타자가 먼저 선행하기 때문에 videtur의 의미가 모호해진다. 하지만 카툴루스는 그 다음 구절에서 본 것처럼 부연 설명과 두 연인의 묘사를 통해 의미의 상실을 보완하고 있다(카툴루스는 사포의 시에 나오는 '감미로운 목소리'를 삭제했다).[21]

이 텍스트 분석이 진부하게 보일 수 있다는 것을 안다. 그렇지만…… 그것은 문헌학적 관건이다. 물론 문학적 · 시적 · 역사적 관건이기도 하다. 일반적으로 번역가들이 곤란에 부딪치고, 문헌학자가 주저하는 이런 장르의 텍스트 어딘가에 시인은 뿌리를 내린다. 만일 문헌학적 엄격성을 거쳐 간다고 인정한다면, 시적 풍요는 시간 속에 파묻혀 있는 이런 텍스트에서 나타날 수 있을 뿐이다.

사포의 단편시가 사랑의 분리에 관한 경험을 다룬 텍스트의 시조인 것은 확실하다. 문제가 되는 것은 분리의 의미 자체이다. 일시적 분리나 회복 가망이 있는 단절보다는 회복될 수 없

---

21) 호라티우스는 '감미로운 말'을 재언급한다. 《송가집》, I, 22, 23.

는 단절 의식, 결정적인 출발 지점, 확연한 시선에 사로잡히고
무력감 같은 것을 체험한 열애자의 **소외**가 대상이 된다.

　그와 유사한 상황을 다른 작품에서 재발견하게 될 수도 있다.
롱사르의 《엘렌을 위한 소네트》(I, XVI)를 환기하면서 결론을
내리고 싶다.

　　사촌 옆에 앉아 있는 오로라처럼 아름답고,

　　태양과도 같은 그대를 바라보면,

　　아름답게 피어난 동일한 색상의 꽃 두 송이가

　　서로 나란히 있는 것을 보는 것 같습니다.

　　순결하고, 거룩하고, 아름답고 유일한 앙제의 여인이여

　　번개처럼 빠르게 나를 일별하고

　　느긋하며 졸음을 못 이기는 듯한 그대는

　　내가 추호도 시선을 받을 자격이 없다라고 생각합니다.

　　머리를 숙인 채로 홀로 있는 그대는

　　그대 자신만 생각하느라 다른 이를 사랑하지 않는군요.

　　사람들로부터 사랑받기만을 원하는 여인처럼

　　눈살을 찌푸리며 모든 사람을 거들떠보지 않는군요.

　　그대의 침묵이 두렵고, 나의 구원의 수단이 그대의 적대의 시
　선인 것이 두려워,

파리해진 나는 그대를 떠나갔습니다.

사포나 카툴루스가 쓴 시의 장면을 회상하며 롱사르가 이 시를 썼는지 나는 잘 모르겠다. 나는 그런 것에 관심이 없고, 롱사르가 체험——직접 체험한 것인지 허구인지는 나에게 중요치 않다——한 것도 아닐 것이다.

"사촌 옆에 앉아 있는 ……그대를 바라보면" 모든 것은 화폭의 지각으로부터 시작된다. 함께 있는 두 여인 중 한 여인은 절대자와 함께 있고, 그 상대방인 절대자는 절대 미를 의미한다. 유일하게 시선을 주고 있는 여자 사촌과의 의사소통만 가능하다. 다른 여인은 자기 자신 안에, 그리고 자신을 신성화시키는 그런 원형 안에 폐쇄되어 있다. 이 광경은 롱사르에게 명백한 소외를 받아들이게 한다. 롱사르는 그림 속으로 들어가는 방법을 모를 것이다. "그대의 침묵이 두렵고…… 파리해진 나는 그대를 떠나갔습니다."

롱사르가 사용한 '파리해진(le blesme)'은 카툴루스의 작품을 통해 영향을 받을 수 있는 것은 아니었다. 아무래도 상관없다. 롱사르가 선택한 주제와 경험은 사포의 '경험'을 통해 조명된다. 경험들의 반복은 질투라는 범위에서 벗어나게 하며, 우리는 또한 부차적인 사포의 '여성 동성애'라는 해석을 필요로 하지 않는다.

내가 언급한 경험은 물론 그 장소에서의 본래의 경험을 두고 하는 말이다. 사실 우리는 장면의 또 다른 활용의 예를 찾아볼 수 있다. 예를 들면 《엘렌을 위한 노래》에서 롱사르는 불가능한 존재를 어쩔 수 없이 받아들인다.

> 내가 그대 곁에 앉아 이야기를 할 때면,
>> 내 온몸에 전율이 인다.
> 나의 전 신경과 무릎이 부들부들 떨리니,
>> 그대 앞에서 나는 약해지고 있다.
> 나는 용기도 없고 정신도 없고 숨도 쉴 수 없고,
> 나의 엘렌을 보면서 혼란에 빠지는 것은
>> 나의 사랑스럽고 온유한 고통.

> 나는 미쳐 버렸고, 이성도 완전히 잃었으며,
>> 나는 알 수가 없다,
> 내가 자유인인지 혹은 고인인지 혹은 갇힌 자인지,
>> 나는 더 이상 내가 아니다…….

롱기노스는 사포의 단편시를 숭고한 문체의 본보기로 우리에게 제시한다. 내가 사포의 '증후학적 소견'이라 불렀던 점이 그에게는 확실히 수사학에 속하는 문제이다. 롱기노스는 다음과 같이 썼다. "당신은 바로 그 순간에 정신·육체·청각·혀·시각·피부를 어찌 감탄하며 바라보지 않겠는가, 사포는 일체 감각이 그녀에게 속해 있지 않고 달아나 버린 것처럼 그 모든 것을 탐색한다. 그리고 이항 대립으로 그녀는 한기를 느끼는 동시에 열이 나기도 하고, 망상을 하다가 이성을 되찾고(그리고 공포를 느끼거나 아니면 죽음 직전까지 도달하기도 한다), 그 여인에게는 한 열정이 아니라 열정의 경합이 표출되고 있는 것이다! 이런 장르의 엄청난 사건과 한 장소에 구축 유도하는 방식이 걸작을 탄생시켰다." 나는 병 증세라고 말하고 싶은 사건을 사포는 진실과 질서 정연한 발생 순서대로 연결해 놓았다. 계속되는 사건들 사이에서 사포는 가장 탁월할 것, 가장 긴장감이 있는 사건을 선택해서 순서대로 엮어 놓은 것이다. 사포는 자기에게 일어난 일, 자기의 육체에 파급되는 효과에는 익숙하지 않다. 사건의 다양성, 그들간의 모순적인 긴장감, 열정의 경합, 이 모든 것을 사포는 한 장소에 응집한다. 그 장소는 이제 그녀의 육체가 아니라 시로 구성된 육체이다. 사포는…… 그녀 스스로 선택을 통한 구성 작업을 할 수 있는 능력을 갖추었다. 사포는 자신이 분리시킨 자기 본래 감정을 자신의 내부에서 선택한다. 숭고성은 바로 여기에, 즉 자신을 스스로 해체하고 또 다른 육체를 구성할 수 있는 능력에 있는 것이다. 해체된 본래의 육체는 부속품과 무의미한 것과 혼란스런 동요를 떼어 버렸다.

사포의 시는 시선의 순간적인 암시와 의사소통의 불가능성으로 인한 치명적이고 돌이킬 수 없는 고통 속에서 꿈꾸는 것, 느끼는 것, 사랑의 분리로 고통스러워하는 것에 형태를 제공한 셈이다.

AD OBS. LIII.

RUTA MURARIA CUM MUSCO CRUSTACEO
IN CRANIO HUMANO ANNO 1652 INVENTA

4

유해(물)

"우리는 고대에 대해 냉정하면서 장황한 평가를 하고자 하지만 우리에게는 새로운 문물들을 이해하거나 새로운 지식을 밝혀낼 만큼 충분한 시간이 주어진 것은 아니다."

토머스 브라운 경, 《유골함》의 서문.

옆의 두개골 그림과 내가 번역한 라틴어 문구를 보십시오.

"1652년에 발견된, 석회질성의 이끼가 군데군데 피어난 인간의 두개골이 놓여 있는 성벽 거리." (성벽 거리라는 명칭은 As-plenium Ruta muraria라는 라틴어에서 유래된 것이다.)

나는 《선천성 호사가들의 지침서》(1671, 96쪽)라는 책에서 나를 매혹시킨 본 판화 그림을 차용했다. 나는 본 두개골 그림을 매우 좋아한다. Mirabile & aspectu jucundum……, 즉 '놀랄 만하면서 유쾌한 측면' 이라는 말은 전혀 유명하지 않은 폴란드 출신의 의사 마르틴 베른하르트에 의해 표현된 것이다.

나는 울창한 숲이나 폐허가 된 집터, 슬며시 도망가는 뱀이나 바스락 소리를 내는 도마뱀, 혹은 봄의 고요함과 따스한 열기를 상상해 본다. 비둘기는 자신의 이중 울음소리를 듣고 있다. 나는 그런 풍경들을 머릿속에 어렵사리 그려내고 있는 것이다.

"우리는 풀들이 바위나 벽의 갈라진 틈 사이에서 자랄 수 있다는 사실을 매일매일의 경험을 통해서 알 수 있으며, 풀들은 심지어 그 뿌리로 매우 두터운 벽마저 갈라지게 할 정도로 크게 성장하기까지 하는데, 그런 사실과 관련해서 R. P. 키르허는 《지하 세계》라는 자신의 저서에서 고대 로마의 조직 기반을 파괴시킨 것은 야만인의 침략이 아니라 오랜 시간에 걸쳐 성장한 이런 종류의 나무와 그 뿌리에 의한 것이다"라고 서술할 정도였다. "아리스토텔레스와 테오프라스토스에 의해 잘 알려진 바와 같이 담쟁이덩굴은 사슴의 뿔에서도 피어날 수 있는 것이다."

이쯤에서 이 희한한 묘사 앞에 멈춘 채로 입가에 미소를 짓거나, 또한 계속해서 상상의 나래를 펼칠 수도 있다. 그때 뒤에 가서 연구할 예정인 변신이라는 것은 매일 진행되었으며, 오비디우스는 일상 속에서 그 변신을 경험했다. 키르허는 어느 가을날 나무에서 떨어진 한 스페인 사람의 이야기를 들려주었는데, 스페인 사람은 그 일로 인해 갈비뼈 부위에 통증을 느꼈다는 것이다. 봄이 되자 그의 몸에서 풀이 자라나기 시작했고, 여름에는 커다랗게 성장해서, 심지어는 열매까지 맺을 정도였다. 결국 그 남자는 죽게 되었다. 예전에 나는 접목의 미학에 대해 연구했던 적이 있다. 앞서 언급한 이야기가 그 미학의 좋은 예이다. 하지만 여기에 좀더 나은 한 예가 있다. 인간과 식물 사이의 관계에 관한 것이다. 그것은 진행중에 있는 하나의 변형인 것이다.

계속해서 그뒤의 문장을 번역해 보겠다. "나는 자크로짐이라는 곳에서…… 사냥을 하고 있었다. 나는 시간을 보낼 요량으로 옛 신전 주위를 한바퀴 돌며 그곳을 살펴보고 있던 중 한 기둥 근처에 있는 벽을 바라보다가 오랜 세월 그곳에 방치되어 있던 오래된 두개골을 발견하였고, 그 두개골에는 얼룩무늬처럼 딱딱한 껍데기 형태로 이끼가 군데군데 덮여 있었으며, 그것이 전부가 아니었다. 더욱 놀랄 만한 사실은 성벽 거리에 놓여 있는 두개골의 관자놀이 주위의 꿰맨 듯한 부위에서 확실히 매우 가느다란 풀이 자라나고 있다는 사실이다(풀은 또한 성벽 위와 각기 다른 세 장소에서도 자라고 있었다)……." 그리고 베른하르트는 이 신기한 광경을 묘사해서 호기심이라는 제목을 붙인 뒤 작스에게 보내고자 했다. 작스는 이후에 레오폴딘이라는 한림원으로 바뀌게 되는, 천성적 호사가들의 천문력이라는 협회의 편집장으로 있었다.

부연 설명을 해보면, 저자는 우리에게 교수대에서 처형된 사형수의 두개골에서 피어난 이끼에 관해서 언급하고 있었으며, 그 이끼는 다양한 질병 가운데 특히 간질병과 두통을 치료하는 약으로 사용되었다는 것이다. 그러나 또한 코피를 막는 것에도 큰 효과가 있었다.

베른하르트의 설명에 의하면, 바람과 햇빛과 달빛을 받으면서 오랜 세월을 지나는 동안 두개골은 연골로 변하게 되며, 그런 상태에서 이끼가 두개골 밖으로까지 퍼져 나와 피게 되는 것이다. 작가가 우리에게 강조하고자 하는 바, 인간의 두개골에서 발견할 수 있는 것과 바위와 돌에서 피어나는 이끼와 유사한 것과의 구별, 즉 딱딱한 껍데기로 된 이 이끼와 앞서 언급한 이끼를 구별해야만 한다.

나는 이 모든 것을 설명하는 일에서 너무도 커다란 즐거움을 느낀다. 사냥을 중단한 후에 발견한 이 희귀물, 고대 유적, 섬세한 스케치, 처방약에 대한 심취, 동물·식물·광물 등과 같이 한 체계에서 다른 체계로의 변경을 암시하는 관찰 등을 말하는 것이다. 고대 문명에 대해 의구심을 가질 필요는 없다. 고대 사원의 오래된 두개골처럼 고대 문명을 순화시켜야 하는 것이다.

고대 문명, 인간의 유골과 유적

17세기의 토머스 브라운 경의 저서 《호장론》(1658)을 생각하지 않을 수 없다. 이 저서는 도미니크 오리에 의해 《유골함》이란 제목으로 번역이 되었는데, 희한하면서도 경이로운 성찰로 이루어진 책이다(나는 D. 오리가 《O…의 역사》를 쓴 일과 토머스 경의 저서를 번역한 일을 생각하면 무한한 즐거움을 느낀다). 바로 이 영국 의사가 그 유명한 걸작인 《종교의학》이라는 저서를 쓴 장본인이다. 슬픔의 지식에 관한 한 내 스승이라고 할 수 있는 토머스 브라운 경은 다음과 같이 상상을 한다.

"인간의 육중한 몸이 어떻게 이처럼 한 줌의 뼈와 잿더미로 축소될 수 있는가. 이런 모습은 인간이 무엇으로 형성되었는지 알지 못하는 자에게는 매우 기이하게 보일 수도 있지만, 거대한 육체 조직이 맹렬한 불에서는 얼마나 하찮은 존재인가."[22]

토머스 경은 단지 몇 가지 뼈를 토대로 형성되어 있는 형체, 예를 들면 두개골을 상상했다. 그것을 위해서는 폴리클레이토스의 저서 《카논》에 나오는 **인체의 비례**를 생각하는 것으로 충분하다.

"왜냐하면 뼈대는 몸을 안정되게 지탱하도록 이루어졌을 뿐만 아니라 또한 몸의 형태를 이루기 때문에 신체외형학에서 몸의 외형을 예측하는 것을 가능하게 하는 것이다. 몸의 각 형태에 따라서 육체의 근육과 각 부위가 완전히 활용 가능한 것이다." "신체의 어떤 부분은 서로간에 균형을 이루며 몸 전체와 각 부위를 조종한다. 그리고 머리의 크기로 몸 전체의 길이를 측정할 수 있으며 몸 전체의 외형을 통해서 몸의 기본 능력을 예측할 수 있기 때문에, 신체외형학은 우리 인간의 목숨보다 더 길게 유지되며 무덤 속에서까지 사라지지 않는 것이다."

도미니크 오리는 그 저서의 마지막 장을 '섬세하면서도 야만적인 산문'이라고 규정했다.

W. A. 그린힐은 1896년에 출판된 매우 귀중한 그의 저서의 부록으로 《토머스 경의 두개골의 크기》를 썼다. 거칠고 숙련되지 못한 어느 묘지 인부에 의해 발굴된 그의 두개골은 누군가에게 팔렸고, 그뒤 루벅 박사가 그의 두개골을 자신의 수중에

---

22) 71쪽.

들어오게 했다가 1845년에 '노퍽과 노리치 종합 병원 부속 병리학 박물관'에 기증하기에 이르렀다. 작가가 강조해서 말한 것처럼 토머스 경은 그의 서문에서 위대한 성 토머스에게 기발한 헌사를 받쳤다. "그런데 도대체 누가 뼈의 운명을 알 수 있으며, 혹은 얼마나 많은 뼈들이 땅속에 묻혔는지 알 수 있겠는가? 그 어느 누가 자신의 뼈의 신탁을 차지할 수 있으며, 어느 장소에 그 재가 흩뿌려지는가를 알 수 있겠는가?"

육체의 처소, 시체

사람들은 자주 기억의 장소에 대해서 언급한다. 육체의 무의미한 장소는 하나밖에 없다. 육체가 존재하는 그 기억의 장소에서는 그것이 무의미하지도 않고 공허하지도 않다. 바로 그 장소에 육체가 존재하는 것이다. 그것이 육체의 장소이다. 만일 그와 관련된 탐정 소설을 믿는다면 자신을 육체로부터 이탈시키는 것은 어려운 일일 것이다.

지금은 부재 상태에 있는 어느 한 소중한 사람의 위치를 생각해 보자. 마치 그 존재에 익숙해져 있지만 현재는 비워져 있는 식탁의 한 자리처럼. 그것은 무의미나 무(無)(nihil negativum)가 아니다. 내가 두 눈을 감으면 내 눈앞에는 식탁의 자리에 앉아 있는 내 친구가 선명하게 보이는 것이다.

우리는 키케로(《웅변에 관하여》, II, 86, 352-354쪽)와 퀸틸리아누스(《웅변 교수론》, XI, II, 11-16쪽)가 언급한 기억의 '초기' 행위와 기억술의 기초를 이루는 시모니데스의 이야기를 잘 알고 있다. 시모니데스는 스코파스의 궁정에서 카스토르와 폴리데우케스의 공훈을 예찬한 서정시를 불렀던 일이 있다. 불만에 찬 스코파스는 시모니데스에게 그 서정시의 대가로 약속했던 액수의 반을 카스토르와 폴리데우케스에게 요구해야 한다고 조롱삼아 말했다. 잠시 후에, 두 젊은이가 거기에 와서 시모니데스를 찾는다는 전언을 받았다. 그런데 시모니데스가 밖으로 나오자마자 집 천장이 무너져 내렸다. 시체들의 신분을 확인할 수 없었다. 그때 시모니데스는 초대객들이 앉아 있었던 자리를 기억하면서 그 시체들의 신분을 구별해 냈다.

기억과 상상력, 즉 기억과 **판타지아**는 서로 조화를 잘 이룬다. 기억술은 공간에서 두 개의 표상을 연결하는 데 있다. 그래서 나는 회랑을 돌아다닌다. 예를 들면 나는 각 조각상 앞에서 걸음을 멈추고 조각상들에 대한 개념을 읽어낸다. 나는 곧바로 개념을 찾는 대신 회랑을 상상한다. 나는 내 **상상 속에서** 그 회랑을 산책한다. 그러자 **상상 속에서** 이러저러한 조각상들이 나타나고, 자발적으로 그 개념들이 나타난다. 이 상황에서는 특히 의도적으로 개념을 찾으려는 행위를 피해야 하는 것이다.

시체

"시체는 단지 일시적인 기간 내에 존재한다. 몇몇 특별한 경우를 제외하면 시체는 항상 짧은 시간 내에 부패되기 마련이다. 모든 요소들은 분해되며, 단지 뼈만이 남게 되고, 그 이후에는 뼈도 모두 삭아 없어지는 것이다. 이같은 유기체는 굳이 말하자면 생명에서 부패로 옮아가는 전이를 겪게 된다. 부패가 시작되자마자 곧바로 생명과 관련된 요소들을 상실하게 되는 시체라는 존재는 이같은 전이 상태가 진행되고 있는 일정 기간 동안에 죽음이라는 자연의 일반 법칙에 전혀 순응하지 않는 것이다. 이처럼 시체에게서도 살아 있는 사람의 것과 동일한 인체 조직과 그 배열을 찾아볼 수 있으며, 이같은 사실은 해부학자나 의사들에게 시체에 대한 연구와 관찰을 통해서 살아 있는 동안에 겪게 되는 신체 구성과 그 변화에 대한 분석을 가능케 해 준다. 그러나 시체와 살아 있는 육체의 신체 조직이 완벽하게 동일하다고 말할 수는 없다." 이같은 내용은 《의학사전》[23]에 언급되어 있다.

23) 《베세 사전》, 1834.

해부학

우리가 편의상 **시체**라고 부르는 죽은 사람에 대한 정확한 지식을 얻기 위해 의사들의 도움을 필요로 한다는 것이 근대인들에게는 당연한 사실처럼 여겨질 수 있다. 하지만 의사들의 본연의 업무는 살아 있는 사람과 고통받는 사람을 관찰하는 일이다. 이후에 **자비**(misericordia), **박애**(philanthropia)라는 말로 정의되는 본 업무는 의사와 환자 간의 관계의 기초를 이루게 된다. "의학이라는 것은 인간의 생명을 관찰하는 행위를 그 기본 임무로 하는 기술이다"라고 셀시우스는 정의한다. 죽음은 생명에 대한 관리의 실패라는 설명이 《히포크라테스 전집》의 곳곳에 언급되어 있다. 예를 들면 그의 전집의 《유행병》의 I과 III에서 환자들에 대한 설명은 환자들이 거의 모두 죽게 된다는 언급으로 끝을 맺는다. 기원전 1세기경, 유명한 의사인 아스클레피아데스는 심지어 히포크라테스의 의술을 **죽음의 연습**이라고 규정하는 가운데 이 **임상**의학, 즉 환자의 **침상의학**의 비능동적이며 관망적인 측면을 비난했다.

그러나 죽음 그 자체, 내가 말하고자 하는 죽음의 행위, 즉 전이는 《히포크라테스 전집》에서 언급되지 않았다. 내가 알고 있는 바에 의하면, 내가 인용하고자 한 리트레가 번역한 《히포크라테스 전집》에 실린 《유행병》(52)의 일부분을 제외할 경우 그렇다는 것이다.

"죽음의 경계선은 생명의 온기가 횡경막의 상위 부위에 있는 배꼽의 위치까지 내려와서 몸의 습기가 모두 증발될 경우를 말한다. 폐와 심장이 체액을 내뿜고 열기가 중요한 부위에 축적되기 때문에 호흡시에 상당히 뜨거운 열기가 발산되는데 그 열기는 일부는 피부를 통해서, 다른 일부는 머리에 위치한 모든 구멍을 통해서 몸 밖으로 발산되는 것이다. **정신은 육체라는 껍데기를 던져 버린 채 죽어서 싸늘하게 된 이 모조 육체를 체액과 피와 결체 조직과 살에 넘겨주는 것이다.**"

바로 그 순간에 죽음을 맞게 되는 것이며, 그 순간은 진단의 영역에 속하며 삶의 끝인 것이다. 하지만 일단 한번 죽음이 찾아오게 되면 모든 것은 마치 죽음 이후의 것에는 일말의 중요성도 없으며, 더 이상 의술과 연관이 없는 것처럼 여겨진다는 사실을 확실히 인정해야만 한다. 그런 경우, 죽음이라는 것은 히포크라테스 의학과 커다란 관계를 갖는 것처럼 보이지는 않는다. 그런 연유에서 **해부학의 발생**, 즉 **눈으로 확인하기 위해서 절개하는** 행위의 문제가 제기되는 것이다.

물론 해부학의 역사를 시체의 역사에 한정시킬 수는 없다. 하지만 해부학의 역사는 시체의 역사의 중요한 부분이라는 사실에는 변함이 없다. 그 이유는 죽은 자에게 의미를 부여하는 것은 바로 실제 경험 학문으로서의 해부학이기 때문이다. 바로 그 해부학이 죽은 자에게 심오함을, 다시 말하자면 존재성을 부여하는 것이며 많은 흥미를 제공하는 것이다. 그뿐만 아니라 설령 이 실제 경험 학문이 그 당시에 고대 문명이라는 것의 테두리 내에 한정된다손 치더라도 해부학이 제기하고 여러 면에서 재검토되는 문제점들은 삶과 죽음, 그리고 시체에 대한 규정을 정의하는 문제로 귀결된다.

지식을 목적으로 하며, 생사와는 상관없이 모든 육체를 대상으로 하는 전문적인 절개술로서의 해부학은 기원전 3세기경에 이미 알렉산드리아에서 유능한 두 의사 헤로필로스와 에라시스트라토스에 의해 행해졌었다. 하필이면 왜 해부학이 그곳에서 행해졌을까? 왜 그 시기였을까? 나는 본 주제와 관련해서 중요하다고 여겨지는 내용들만을 다루면서 일련의 의문점들을 제시할까 한다.

생체 해부의 경우는 일단 보류해 두기로 한다. 인체에 대한 전문적인 해부는 **자생적으로** 발생했었을 것이다. 그러면 그 이전에는 왜 해부가 실행되지 않았던 것일까? 바로 이 점에서 금기에 대한 논쟁이 발생한다. 하인리히 폰 슈타덴은 훌륭한 기고문에서 그 사실들을 열거했다.[24] 고대 그리스에서는 죽은 자의 육체를 신성시했었지만, 실제로 그런 죽은 육체는 오염의 원인이 된다는 사실을 하인리히는 상기시킨다. 우리는 법과 시와 ──단순히 소포클레스의 《안티고네》를 생각게 하는──비극을 통해 고대 그리스에는 접촉에 대한 종교적 공포심이 팽배했었다는 사실을 알 수 있다. 슈타덴은 절개 행위에 대한 두려움

---

24) 《육체의 탐미: 고대 그리스의 인체 해부와 그 문화적 맥락》, 예일 의학 · 생물학지, 1992년 5-6월, vol. 65, n° 3, p.223-241.

을 불러일으키는 피부에 가치를 부여하고 피부를 중요시했다. 그는 자신이 피부의 신화라고 명칭한 내용을 인용했다. "헤로 필로스와 에라시스트라토스의 상상을 초월하는 행위의 대담성 에 대한 측정은 문화적인 문맥에서 행해져야 한다."

이런 수많은 이유들은 실제로 많은 문제점들을 은폐하고 있 다. 만일 죽은 육체를 존중시하는 행위가 해명되어질 경우, 특 히 호기심의 결여라는 사실에 의해 설명되어질 경우는 어떤가? 당시의 의사들에게 죽은 육체 내부를 검시해 보고자 하는 전문 인으로서의 관심이나 긴박한 목적 의식이 없었다는 사실을 말 하고자 하는 것이다. 절개를 결정하고, 그 결정 과정에서 단순 한 우연이나 책임성이 결여된 변덕심이 작용한 것이 아니라는 사실을 증명하기 위해서는 세심한 관찰을 위한 계획표가 있어 야 한다는 것이다. 다소 과장되게 표현하자면 조사 프로그램 같 은 것이 필요하다는 것이다. 주아나가 언급한 것처럼 "히포크 라테스를 추종하는 의사들은 인체 해부를 행해야 하는지, 혹은 자신들이 해부 능력을 소유하고 있는지에 대해 어떠한 관심도 두지 않았다. 그들은 인체 해부를 한번도 실행해 본 적이 없으 며, 그것에 대해 한마디 언급도 없었다."[25] 요컨대 그들은 인체 해부에 대한 긴박한 필요성을 느끼지 못했던 것이다. 인체 개념 과 관련해서 그 의사들은 인체 기관의 완벽한 리스트를 갖춰야 만 하는 해부학을 필요로 하지 않았을 것이다. 인체 내부의 지

---

25) 《히포크라테스》, 파리, 페야르, 1992, p.433.

식이라는 의미 선상에서의 해부학은 히포크라테스적인 의술을 행하는 의사들에게는 중요한 관심사가 되지 못했던 것인데, 고대 그리스의 의사 갈레노스의 표현에 의하면 설령 히포크라테스 의술에 '해부학적인 관찰의 혼합 의술'이라는 것이 존재한다손 치더라도 그와 마찬가지라는 것이다. 고대 그리스인들이 해부학과 관련해서 많은 저술을 남기지 못한 사실에 대해서 그들을 비난하지 말아야 한다고 갈레노스는 말한다. 물론 미묘한 뉘앙스를 띠는 말일 것이다. 하지만 히포크라테스 의학에서 보는 육체는 충만함과 공허함, 강함과 부드러움, 그리고 수축과 이완으로 이루어져 있고, 특히 액체들, 즉 체액과 땀과 소변 등이 체외로 배설되는 가운데 세척 작용을 하게 되며, 그리고 육체는 그 자체에 고유한 조직 구조에 대한 어떠한 법적 근거도 소유하지 않는다라고 감히 말할 수 있으며, 그것은 마치 육체 형태에 대한 어떠한 필연성도 존재하지 않는다는 사실과 같은 것이다. 우리는 히포크라테스 계열의 의사들이 해부학적 지식을 전혀 소유하지 못했다라고 말할 수는 없다. 단지 그들에게는 해부학적 지식이 근원적이거나 기초적이지 않을 뿐이다.

그렇다면 왜 알렉산드리아에서는 기원전 3세기경에 이미 체계적인 해부학이 시행되었을까? 폰 슈타덴은 앞서 언급한 기고문에서 죽은 육체에 대한 금기가 무너져 내리게 된 이유를 설명하고자 했다. 그는 아리스토텔레스와 데모크리토스를 인용했다. 그는 금욕주의 학파와 향락주의 학파의 중요성을 상기시켰다. 실제로 금욕주의자들에게 있어서 죽음이라는 것은 하나의 중성체이며, 심지어는 부패된 물체를 의미한다. 슈타덴의 표현을 그대로 옮길 경우 **전체적으로 볼 때** 어느 정도 일리가 있는 말이다. 또한 헤로필로스와 에라시스트라토스의 천재성을 간과해서는 안 된다. 게다가 죽음과 관련된 이집트의 풍습을 고려해야 한다. 해부학이 이집트 사람들의 유산물이라는 사실은 전혀 새로운 사실이 아니다. 이미 위(爲)갈레노스를 사칭한 어떤 이는 《의학 입문》에서 의학의 생성 과정을 간략하게 언급했다. 그는 그 저서에서 이집트 사람들에 대한 설명에 많은 부분을 할애했다. "의학의 발생 초기 시대에는 의사들이 시체 보존을 위한 해부 연구와 수술 행위의 결과로 인해 많은 사실들을 발견할 수 있었을 것이라고 추측된다."

이와 관련해서 이집트 왕 프톨레마이오스의 진취적인 행동을 덧붙여 언급할 수 있는데, 고대 로마의 정치가 플리니우스의 표현을 빌리자면(《박물지》, **XXVI**, 19) 그 당시의 이집트 왕들은 **질병을 연구할 목적으로 시체들을 절개했다는 것**이다.

하지만 이런 연구 행위는 아마도 죽은 육체의 신성을 파괴하려는 목적보다는 체계적인 의학적 연구의 의도가 더 컸을 것이다. 우리 인간에 대해서 전체적으로 생각해 볼 때 그 어떤 것도 학문에 대한 인간의 열정을 금지시키지는 못한다. 최악의 경우일지라도 베살리우스와 같은 의사들이, 내가 감히 표현한다면 수많은 무덤을 '파게' 하는 것을 방해할 수는 없었다. 이같은 행위에는 커다란 열정이 필요한 것인데, 갈레노스의 말을 빌려 그 열정을 규정한다면 '진흙 구덩이'를 정돈해 주는 미학이라고 칭하고 싶다. 인체의 체계적인 절개 수술은 계보적으로 추구되지 못했다. 로마 황제 트라야누스 시대, 에페소스 지방의 의사인 루퍼스가 헤로필로스로부터 영감을 받아 쓴 저서 《신체 부위 명칭 개론》의 도입 부분을 읽어보면 여러 학문들간에 하나의 유사점을 발견할 수 있다. "여러분은 하프를 연주하기 위해 먼저 무엇부터 배워야 합니까? 하프 줄들을 손으로 만져 본 다음 그 수를 헤아려야 하겠죠. 여러분은 문법을 배울 경우 무엇부터 시작해야 합니까? 모든 알파벳의 명칭을 배우고 암기해야 할 겁니다. 모든 예술 분야에서도 마찬가지로 가장 먼저 관련 용어들을 익혀야 하는 견습 기간부터 시작해야 할 것입니다. 그러므로 의학에서도 의학 용어들을 익히는 것부터 시작해야 하지 않을까요…?" 그리고 그 저서의 서문은 다음과 같이 끝을 맺고 있다. "여러분들은 우선 인체의 중요한 부위들의 명칭을 암기해야 할 것입니다. 그런 후에야 나는 여러 동물 가운데 인간과 가장 유사한 동물(원숭이)을 세밀히 해부 분석하는 방법을 통해서 인체의 모든 부위들의 명칭을 여러분들의 머릿속에 입력시켜 드릴 수 있는 것입니다. 그런데 인간과 동물이 모든 면에서 완전히 동일하게 보일는지는 모르겠지만 그렇지 않은 연유로 인해 여러분은 대략적으로나마 인체의 부위를 파악할 수 있었던 것입니다. **이전 시대에서는 인체에 대한 연구를 직접적인 방법을 통해 가르쳤었던 것이죠.**"

게다가 충분한 고찰이 없었던 분야인 의학에 있어서는, 그 의학계 전체가 해부학의 필요성을 전혀 느끼지 못했다는 사실을 언급해야 할 것이다. 아스클레피아데스에게 있어서 위의 언급은 사실인 것이다. 전반적으로 볼 때 방법론자들에게 있어서도 위의 언급은 사실이다. 해부학에 정통한 소라누스는 자기 학파의 의사들, 즉 방법론자들에게는 해부학이 주요한 분야가 아니라고 조롱 섞인 말투로 항변하곤 했다.

해부학 분야 연구를 재개한 사람은 바로 갈레노스였다. 그런데 이 시점에서는 그가 인체의 해부를 통한 직접적인 연구에 임했는지에 대한 여부를 알아보는 문제가 바로 논란의 대상이 된다. 분명한 것은 그가 많은 원숭이들을 해부했다는 사실이다. 하지만 이반 가로팔로가 언급한 것처럼 "갈레노스 시대에는 인체 해부가 금기였다는 사실을 명확히 인정하지 않더라도 사람의 시체 해부는 수차례에 걸쳐 제안되었던 최상의 방법인 것이다."[26] 실제로 시체의 절개 행위는 충분히 가능한 의술 행위였다. 갈레노스는 아마도 창자들이 밖으로 드러난 어린아이들의 시체를 연구했었을 것이다. 이상적인 것은 원숭이를 해부할 태세를 갖춘 상태에서, 이것은 실제로 일어날 수도 있는 일인데, 지나가던 길에 폭풍우에 의해 파헤쳐진 무덤에서 시체를 우연히 발견하게 되는 경우이다.

해부학과 그 분야의 활용성에 대해서 언급할 경우 당장 시체의 정의와 관련해서 모호한 점이 발생하게 된다. 자명한 이치라고 할 수 있는, 하지만 상상 속에서는 전혀 자명한 이치가 아

---

26) 갈레노스, 《해부학의 발전과 해석》, 리졸리 도서관, vol. I, p.51.

닌 어떤 사실이 결여되어 있다는 것을 나는 강조하고자 하는 것인데, 그것은 다시 말해서 시체와 살아 있는 육체 간에 존재하는 차이를 의미하는 것이다. 그런데 이 둘 사이의 중요한 차이점은 생체 해부와 절개 행위를 했던 헤로필로스와 에라시스트라토스라는 저 두 영웅이 해부술에 대해 고찰을 할 당시에도 똑같이 발생되었던 문제점이다. 실제로 인간의 생체 해부 실험은 현실적으로 항상 논란의 대상이 되어 왔다. 위의 두 사람이 생체 해부 실험을 시행할 수 있었던 것에는 상당히 많은 유리한 기회가 작용했다는 의견에는 대부분이 동의한다. 하지만 현실은 신화보다 덜 중요하게 여겨지는 법이다. 헤로필로스와 에라시스트라토스에 의해 행해졌던 생체 해부와 절개 행위는 실제로 하나의 신화적인 행위로까지 평가되었으며, 그들의 행위 덕택에 **살아 있는** 육체와는 완전히 별개로 취급하는 **죽은** 육체라는 표현에 의해 시체라는 말이 정의되었다.

그 문제를 다룰 경우 중요한 글로는 당연히 고대 로마 의사 셀시우스의 저서 《의학 개론》의 〈서언〉일 것이다.

내가 **본 육체**(corps propre)라고 칭하는 것의 개념화와 **생명**의 중요성에 대한 규정을 위해서 그 저서는 커다란 중요성을 지닌다. 셀시우스는 생체 해부를 통해서 생물에 대한 자기만의 독창적인 관점을 제시한다. 실제로 나는 여기서 **본 육체**와 관련된 흥미로운 문제점들을 제기하는, 기술·이론 문제와 윤리관 사이에 존재하는 긴밀한 관계를 부인할 수 없다고 생각하는데, 데카르트의 용어를 빌리자면 육체는 하나의 유기체이고 생물이며 하나의 완전체이기 때문에 단순한 한 면적이나 하나의 움직임으로 축소 평가될 수 없다는 근대 의학의 개념을 차용할 경우 더욱 그러한 것이다. 지식을 목적으로 인간을 살해하는 행위는 범죄이며, 부도덕한 행위이다.

셀시우스가 육체의 참모습에 대해 정의를 내리고자 했던 것은 생체 해부의 무익성을 드러내고자 하는 의도에서 기인한 것이다. 인간의 생체 해부는 잔인하고 무익한 행위인데, 왜냐하면 생체 해부가 드러내 보여준 육체는 하나의 병든 육체이기 때문이다. 내가 간략하게 언급하고자 하는 내용은 〈서언〉, 74–75의 결론 부분이다.

"결과적으로 다시 본론으로 돌아오면 의학이라는 것은 합리적이어야 하며, 명백한 원인에 입각해서 결론을 이끌어 내야 하고, 더불어 불명확한 원인을 통한 규명 행위는 해부학자의 머리에서 추방되는 것이 아니라 해부학이라는 의술 행위로부터 추방되어져야 한다고 나는 생각하는 것이다. 따라서 생체 해부 실험 행위는 잔인하며 절대적으로 무익한 것이다. 의과대학생들에게는 죽은 사람들을 해부하는 행위가 필수적인 것이다. 실제로 의대생들은 살아 있는 사람이나 부상자들보다는 **시체**가 생생하게 보여주는 (장기들의) 위치와 상호 연관성들을 배울 수 있게 된다. 그리고 살아 있는 사람들을 통해서만 배울 수 있는 그 이외의 의술 행위에 대해서는 당연히 차후에 경험하게 되는 환자들의 치료 행위를 통해서 배우게 될 것이지만, 그것은 확실히 덜 잔인한 방법인 것이다."

생체 해부는 불명확한 원인이 존재한다는 확신, 즉 병의 출처에 대한 분명한 단서와 그것에 입각한 치료 행위에 근거를 두고 행해져야 한다. 그런 불명확한 원인은 육체의 어두운 부분에 숨겨져 있는 것이기도 하다. 그런 원인들로 인해 육체는 심오한 측면을 띠는 것이다. 의사는 기필코, 심지어 타인의 고통을 희생해 가면서까지 육체의 생명 그 자체 속에 숨겨져 있는 살아 있는 육체의 비밀을 밝혀내도록 온 힘을 쏟아야 한다. 여기서 문제시되는 것은 의학적인 시선이다. 그 경우 밝혀내고자 하는 것이 하나의 근원에 속하는 연유로 쉽사리 발견할 수 없는 원인들을 살아 숨쉬는 신체 기관에서 발견하고자 하는 목적을 실현하기 위해서는 의사 스스로가 사형 집행인임을 자처해야 한다. 사형 집행인이며 신체 내부를 엿보는 정탐꾼인 동시에 관찰자이기도 하다. 그런 태도는 근본적인 확신, 즉 질병의 원인에 대한 확신이라는 수술 행위에 대한 한낱 투영에 불과한 것이다. 병이라는 것은 그 원인이 밝혀져야만 치료가 가능한 것이다. 그런데 병의 원인은 육체 깊숙한 곳에 내재해 있기 마련이다. 그래서 병은 메스를 대서 제거해야 하는 것이다.

그러므로 셀시우스가 언급했던 것처럼 여기서 의사들의 **잔인성**이라는 문제가 대두된다. 사형 집행인-의사라는 표현에서 볼 수 있는 모순적인 태도는 그것을 지지하는 자들에 의해서 도덕성으로 포장된 수학적인 논리로 정당화되었다. 《의학 개론》의 〈서언〉 26을 보자. "대부분의 사람들이 말하는 것처럼 극소수의 죄인들을 사형에 처하면서 미래의 수많은 정직한 사람들을 구원할 수 있는 방법을 찾는 것은 잔인한 행위가 아니다."[27] 실제로 교조주의자들이나 이성론자들, 즉 어딘가에 반드시 만물의 존재가 숨겨져 있다고 믿는 자들의 논쟁이 바로 그러한 것이다. 많은 정직한 사람들 무리와 소수의 죄인들, 그같은 관계 설정은 정당한 것처럼 보인다. 그런 주장은 또한 《백과전서》[28]의 〈해부학〉 항목에서 디드로의 생체 해부에 대한 열렬한 지지의 근저를 이룬다. 생체 해부를 지지하는 의사들에 의하면, 최상의 방법은 살아 있는 육체를 해부하는 것이라고 한다. 바로 그 점이 인간의 생체 해부 실험에 대한 **열쇠**가 되는 것이다.

"그들에 의하면, 당시의 이집트 왕들이 제공한 감옥의 죄수들을 해부했던 헤로필로스와 에라시스트라토스의 방법이 최상의 것이며, 이 두 해부학자는 숨이 붙어 있는 죄수들을 통해 체내 속의 자연의 산물, 즉 각 신체 기관들의 위치와 색깔과 형태와 크기를 관찰했으며, 신체 기관들간의 연결된 위치나 서로간의 접촉, 즉 경도 · 유연성 · 윤기 그리고 이완과 수축 작용 등이나 한 장기 속에 삽입된 다른 한 장기라든가 그 반대의 경우 등 여러 측면들을 관찰했다. 왜냐하면 갑작스럽게 체내에 통증이 발생할 경우 적어도 의사가 각 인체 기관이나 내장 등이 위치한 곳을 모른다고 가정할 때 환자의 아픈 곳을 진단한다는 것

---

27) 《셀시우스 의학의 전조》, Ph. 뮈드리 번역, 헬베티카 로마나 도서관, 1982, p.23.
28) 《대중 공간과 재현》, 샤케 마토시앙이 인용, 브뤼셀, 라 파르트 드 뢰이유, 1996.

은 불가능한 일이며, 환자의 통증 부위를 진단하지 못한 의사는 환자를 치료할 수 없는 것이다. 만일 한 장기가 상처 부위를 통해 체내 밖으로 드러났을 경우 해당 부위의 정상시의 본래 색깔을 알지 못하는 의사는 어떤 부위가 상처를 입고 어떤 부위가 손상을 당했는지 파악할 수 없다. 이런 경우 의사는 상처를 치료할 수 없는 것이다."

셀시우스는 인간의 생체 해부에 반대하는 경험론적인 주장을 취하게 된다.

사형 집행인-의사라는 역할 속에는 반자연적인 요소가 깃들어 있다. "반면에 여전히 언급해 두어야 할 중요한 사실은 살아 있는 사람의 배와 가슴을 절개한다는 것이며, 인간의 생명을 수호하는 것을 그 임무로 삼는 의술이라는 것이 단순히 죽음을 불러오는 것으로 끝나는 것이 아니라 가장 잔인한 죽음을 겪게 할 수 있다는 사실이며, 특히 그토록 많은 잔인한 행위를 범하면서까지 찾아내고자 하는 실험 목적들 가운데 **어떤 실험들은 절대로 그 목적을 달성하지 못하거나, 혹은 반면에 또 다른 연구들은 그런 범죄를 행하지 않고도 그 목적을 이룰 수 있는 것이기 때문에** 잔인성에 무익함까지 덧붙여지는 것이다." 나는 다시 한번 뮈드리의 번역본을 인용한다.(《의학 개론》의 〈서언〉, 40)

"실제로 장기들의 색깔이나 윤기, 또는 부드러움이나 딱딱함의 정도 등, 그와 비슷한 기타 조건들과 관련해서 온전한 상태의 인체와 해부된 상태의 인체가 완전히 동일하다고 할 수는 없다. 왜냐하면 인체란 것은 심지어 해부되지 않은 상태에서조차 흔히 두려움, 고통, 굶주림, 소화 불량, 피로 내지 수많은 다른 사소한 감정들에 의해 그 상태가 변하게 된다. 또한 빛조차도 완전히 새로운 것으로 감지하며, 매우 물컹물컹하게 만들어진 인체의 장기들은 매우 심각한 부상이나 단순한 절개만으로도 그 상태가 변한다는 사실은 더욱 신빙성이 있는 것이다. **살아 있는 사람의 신체 장기들이 죽어가는 사람의 장기나, 심지어는 죽은 사람의 장기와 동일하다고 생각하는 것만큼 바보스런 것은 없을 것이다.**"

실제로 의사가 환자의 횡격막을 잘못 건드리게 되면 환자는 죽게 된다. 그런 연유로 의사들은 사람이 죽었을 경우에만 가슴 내부를 부검하는 것이다. 그러나 이 경우는 죽은 자의 가슴을 검사하는 것이지 살아 있는 자의 가슴이 아니다.

그러므로 생명의 독창성과 특수성이라는 조건하에서 생명에 대한 탐구나 원인과 방법들에 대한 연구는 실패라는 당연한 결과를 맞게 된다. **거기에서는 생명을 찾아볼 수 없다.** 그같은 사이비 과학적인 행위는 단지 살인 행위에 불과한 것이다. **의사─강도**의 수술용 메스가 보여줄 수 있는 것이란 사람을 살리는 방법이 아니라 그 반대로 **사람을 어떻게 죽이는가**에 대한 것이다. 의사는 단지 우연한 경로를 통해서만 인체 내부를 들여다볼 수 있는 기회를 갖게 되는 것인데, 예를 들면 심한 부상을 당한 고대 격투사들이나 병사들의 경우를 말한다. 그러나 최고의 의술 행위란 간호 행위인 것이다.

우리가 셀시우스의 사상을 통해 얻을 수 있는 사실은 먼저 생명과 생명의 가치의 존엄성에 대한 확고한 신념이다. 여기에는 두 사상이 연관되어 있다. 우선 인간에게는 지식을 얻을 목적으로 살인을 행할 권리가 없다는 것이다. 게다가 그런 행위는 전혀 무익한 것이다. 반면에 셀시우스는 인체 내부에 대한 지식의 유용성에 대해 커다란 확신을 지니고 있었다. 하지만 그것은 신중한 태도를 필요로 한다. 병자의 육체는 정상적인 상태의 몸이 아니기 때문이다. 여기서 나는 다시 한번 앞서 언급한 내용을 반복한다. "살아 있는 사람의 신체 장기들이 죽어가는 사람의 장기나, 심지어는 죽은 사람의 장기와 동일하다고 생각하는 것만큼 바보스런 것은 없을 것이다." 죽은 사람의 육체는 산 자의 것과는 본질적으로 다르다. 이 주장은 **엄밀한 의미로** 바슐라르가 말한 '인식론적 장애'와 같은 개념으로 발전하게 된다는 사실과, 모르가니가 해부병리학을 찬성하는 주장을 펼쳤다는 사실을 짧게나마 주목하게 될 것이다.

나는 앞서 언급했던 셀시우스의 글을 다시 한번 언급하고자 한다. "의과대학생들에게는 죽은 사람들을 해부하는 행위가 필수적인 것이다. 실제로 의대생들은 살아 있는 사람이나 부상자들보다는 **시체가** 생생하게 보여주는 (장기들의) 위치와 상호 연관성들을 배울 수 있게 된다." 여기서 셀시우스는 **시체**(cadaver)라는 단어를 사용했다. 이 단어는 그의 저서 《의학 개론》에서 단 한번밖에 사용되지 않았다. 그는 corpora mortuorum이라는 단어, 즉 사망자들의 육체라는 표현을 더 선호했다. 그 이유는 시체라는 말이 그다지 영광스런 표현이 아니기 때문이다. 이 단어는 쓰러진 것이라는 의미로서, 그리스어 ptôma에 해당하는 것인데 이 말은 누워 있는 것, 서 있지 못하는 것을 지칭한다. cadaver(시체)와 vivus라는 말의 대립은 **죽은 육체와 살아 있는 육체**라는 말의 대립보다 더욱 강한 인상을 준다. 학습을 목적으로 할 경우 살아 있는 사람을 절개하는 것보다 그 쓰러진 것이나 그 허약해진 것을 절개하는 편이 더 나은 방법일 것이다. 이런 대립은 두 가지 효과를 지닌다. 생명에 좀더 많은 가치를 부여하기 위함이며, 그리고 더 이상 생명을 지니지 못했지만 여전히 살아 있는 자에게는 유용하게 쓰일 수도 있는 이 사물과 같은 존재에 좀더 많은 중요성을 부여하기 위함인 것이다. 결국 경험론자들의 주장은, 차후에 디드로에 의해 명확하게 드러나는 것과 같이 산 자를 기계로 취급하게 된다는 사실과 산 자와 죽은 자 사이에서 중요한 차이점을 드러낸다는 사실로 귀결된다.

상상력에서 죽은 사람을 상상하기가 어렵다는 사실에 대해서

이제 2-3세기의 작가 테르툴리아누스의 저서인 《영혼에 관하여》를 언급하고자 하는데, 이 작품은 불행하게도 세인에게 거의 알려져 있지 않다.[29] 그의 사상이 기독교적인 이상 우리도 당연히 배경을 바꿔야 할 것이다. 그러나 테르툴리아누스가 주로 사용했던 사상은 이교도에서 전래된 것으로서 전통적인 의학과 철학의 관점에 입각해서 결정되는 사망 선고와 관련된 여러 문제점들에 대해 명석한 반론을 제기했다.

여기서 문제점은 소위 **극단적인 이원론**이라고 말하는 것이다. 부활이 생존과는 완전 무관하다고 생각하는 기독교 사상은 특히 시체나 부분적으로 사망한 상태에서 유지되는 생명을 전혀 필요로 하지 않는다. 역설적으로 첫눈에 완벽한 죽음이어야 한다. 바로 이와 같은 내용이 테르툴리아누스의 급진적인 사상인 것이다. 테르툴리아누스가 말하는 바에 의하면, 죽음에 대한 공통된 정의는 영혼과 육체의 **분리**라는 것이다.(51, 2) 그것은 옳은 말이다. 하지만 이해하기에는 쉽지 않은 것이다. "만일 죽음이 일생에 여러 번에 걸쳐 일어나는 것이라면 그것은 이미 죽음이 아니다." 테르툴리아누스는 인간 생체 해부의 문제점을 잘 알고 있었기에 그것에 반대 입장을 취했다. 죽음에 의해 초래되는 신체의 변화와 생체 해부가 궁극적으로 보여주는 차이, 그리고 죽은 자와 산 자의 이질성, 이 모든 것을 테르툴리아누스는 의사들의 진술을 통해서, 그리고 셀시우스(왜 아니겠는가?)를 통해서 정확하게 간파하고 있었던 것이다. 그는 말한다. "의사인지 푸줏간 주인인지 알 수 없는, 저 명성 높은 헤로필로스는 자연 세계를 탐색한답시고 헤아릴 수 없을 정도로 수없이 많

---

29) 테르툴리아누스, 《아니마에 관한 개론과 주석》, J. H. 바진크, 암스테르담, H. J. 파리, 1993.

은 해부 실험을 행했으며, 의학 지식을 목적으로 인간을 그토록 경멸하기까지 했지만 결국 인체 내부의 비밀을 완벽하게 밝혀내지 못했던 것이며, 그 이유로는 육체는 죽음 이후에 변질되게 마련이며 그 상황에서 육체가 맞게 되는 것은 자연적인 죽음이 아니라 절개 행위를 통한 인위적인 죽음이기 때문이다."(《영혼에 관하여》, 10, 4)

물론 전통적인 철학은 상당히 복잡하다. 우리는 《국가》의 에르(Er) 신화를 분명히 잘 알고 있다. 그러나 극단적인 관점에서 볼 때 가장 위험한 인물은 분명 데모크리토스이다.

실제로 임종의 순간을 정확하게 간파하기란 매우 힘든 것이라는 사실을 주장한 자는 바로 그였다. 셀시우스는 말한다. "명망 높은 인물인 데모크리토스는 의사들에 의해 완벽한 죽음이 선고될 정도로 정확한 증상과 함께 임종을 맞는 경우는 없다고 주장한다."(《의학 개론》, II, 6, 15)

그것이 전부가 아니다. "시체들은 감각을 소유하고 있다." 죽은 육체에게도 계속해서 삶이 존속한다는 것이다. 아에티우스에 의하면 "삼라만상은 일정한 특징을 소유하는 정신처럼 일정한 성질을 소유하며, 심지어는 죽은 육체까지도 그와 마찬가지라고 데모크리토스는 말하고 있으며, 그 이유로는 설령 육체 대부분이 소멸한다 할지라도 죽은 육체는 여전히 감각을 소유한다는 사실이 명백하기 때문이라고 말한다."(J. P. 뒤몽 번역)

그같은 주장은 다음의 두 가지 측면에서 가공할 만한 것이다. 하나는 우리가 이후에 다루게 될 감정 문제이며, 다른 하나는 시체에 대한 정의와 관련된 개념 문제인 것이다.

테르툴리아누스의 주장은 중요한 단서를 제공한다.(제51장) 육체는 완전히 죽는 것이 아니라 여전히 살아 있다는 사실은, 데모크리토스의 주장에 따르면 정신이 단번에 죽는 것이 아니라 죽음에 이르기까지는 일정한 시간이 걸린다는 것을 의미한다. 테르툴리아누스에게는 이 주장이 너무 위험천만한 것이다.

데모크리토스가 특별히 주목한 사실에 의하면 시체의 손톱과 머리카락은 무덤 속에서도 일정 기간 동안 자라난다는 것이다. 그것은 아마도 건조한 공기와 매우 더러운 토양의 특성과 평상시보다 더욱 건조한 시체의 성분으로 인한 결과라고 테르툴리아누스는 설명한다. 손톱들이 마치 성장하는 것처럼 보이지만 실제로는 살갗이 오그라들면서 조금씩 살 밖으로 돌출해 나오는 것이다. 사실 손톱은 팽팽하게 뻗어 있는 힘줄의 끝부분으로서 그 힘줄이 느슨해지는 결과이다. 머리카락들은 뇌 속에 남아 있는 영양분을 계속해서 흡수하게 되는 결과이며, 뇌는 별도의 특별한 보호 장치로 인해 일정 기간 동안 보존되는 것이다. 그런 사실들은 의사들에 의해 주장되어 온 것들이라고 테르툴리아누스는 말한다.

"하지만 정신은 그것이 어떤 것일지라도, 하물며 아무리 작은 것일지라도 존속할 수 없는데, 가장 작은 정신이라도 육체라는 껍데기가 시간에 의해 파괴되어 감에 따라 필연적으로 소멸된다는 것이다." 실제로 나는 인생의 **무대**(scaena)라는 표현을 그처럼 번역했으며, 내가 앞서 언급했던 《유행병》을 쓴 히포크라테스의 추종자에 의해 사용되었던 이 용어는 테르툴리아누스에 의해 모방되어 사용됐었다는 사실이 내게는 그만큼 분명한 것이다. 그 문장을 다시 떠올려 보자. "정신은 육체라는 껍데기를 던져 버린 채 죽어서 싸늘하게 된 이 모조 육체를 체액과 피와 결체 조직과 살에 넘겨주는 것이다."

이제 아마도 《히포크라테스 전집》에서 규정된 죽음에 대한 정의와 앞의 문장을 특별히 강조해야 할 시점인 것 같다. 우선 그 저자는 정신과 육체의 극단적인 이분법을 주장하는데, 그 정신과 육체는 오랜 시간 동안 행해지는 여러 단계를 거치면서 명확하면서도 갑작스럽게 완벽한 분리를 겪게 되며, 이 과정에서 정신은 시신, 모조 육체, 다시 말해 살아 있는 것의 이미지를 그 조직 구성체에게 넘겨주는 것인데, 덧붙여 말하자면 그 조직 구성체를 부패시키는 요소에게 넘겨주는 것이다. 본인의 주장을 합리화하기 위해 테르툴리아누스가 위의 내용에 많은 흥미를 느꼈으며, 이미 그렇게 추론했었을 것이라는 사실은 쉽게 짐작할 수 있다. 긴 시간에 걸쳐 이루어지는 죽음이건 혹은 급작스레 이루어지는 죽음이건 간에 두 경우 모두 살아 있는 몸과 시신 간의 완전히 상이한 체질이나, 또는 육체와 정신 간의 분리라는 죽음의 결과에는 전혀 변함이 없다. 어떤 상황에서는 시신에게도 여전히 목숨이 붙어 있다는 주장을 지지할 수도 있다라고 테르툴리아누스는 말한다. "나는 그런 사실을 직접적인 경험을 통해서 알게 되었다. 사망 후, 두 손을 모은 채로 있었던 한 여인의 경우와 이웃집을 방문한 한 사망자의 예가 그러하다. 하나님은 도처에서 그의 능력의 증거들을 드러내 보이신다⋯⋯."

테르툴리아누스는 내게 있어서 중요하다고 생각되어지는 두 가지 결론을 이끌어 낸다. 우선 **각 죽음들의 개별성이라는 문제인데, 그 문제는 의사들에게 맡겨두기로 하자.**(53) 간혹 정신이 일부분씩 분할돼서 소멸되는 경우는 그 현상이 체액이나 피 등과 같은 구성 요소들의 결핍, 혹은 심장이나 간 등의 위치의 변동, 혹은 동맥이나 정맥 같은 혈관들의 파괴 등으로 설명될 수 있다. 하지만 의사는 이를테면 각 죽음들의 개별적인 과정을 설명할 수는 있지만, 죽음에 대한 일반적인 정의를 내리는 일은 의사의 소관이 아니다. 두번째 결론은 죽음의 결과, 즉 **육체와 정신의 분리와** 관련된 내용이다.(52, 1) 테르툴리아누스는 신앙심의 의미가 퇴색됐다고 말한다. 어떤 사람들은 **정신 속에 여전히 남겨져 있는 어떤 것을 보존하기 위해** 시신을 태우려 하지 않는다. 기독교인들은 육체 안에 있는 정신이나 생의 잔여물을 소중하게 여기지는 않지만 육체의 이름으로 육체에게 가해지는 잔혹한 행위에 반대하며, 그 이유로는 **육체 또한 인간 그 자체이기 때문이며, 그런 탓에 인간은 잔인한 형벌인 화형에 처해지면 절대 안 되는 것이다.**(51, 6) 이것은 생체 해부의 활용에 대한 반대를 의미하는 논리적 주장이다.

시체는 살아 있는 사람 그 자체와는 근본적으로 다르게 간주되며, 살아 있는 사람은 인간, 즉 보편적인 인간으로서의 근엄성을 소유하기 때문이다. 본 내용은 진짜 아리스토텔레스나 가짜 아리스토텔레스가 저술한《기상학》제4권에 기술된 내용과는 정반대이다.(제4권, 12, 389b 3) "죽은 자는 동음이의라는 언어 법칙에 의해 사람이라는 사실을 이해하는 것은 그다지 어렵지 않다. 그와 마찬가지로 돌로 만든 악기인 플루트도 플루트라고 말할 수 있는 것과 같이 한 사람의 손도 단순히 동음이의어에 의해 손이 되는 것이다. 실제로 각 사물들은, 예를 들면 우리의 눈이 보는 역할을 수행하는 경우처럼 그 고유의 역할을 수행할 때야 비로소 진정한 사물 그 자체가 되는 것이다……." (P. 루이 번역본. νεκρος의 부분은 수정됨)

하지만 그런 일반론은 히포크라테스가 기술한 《예후》에서 죽어가고 있는 사람의 얼굴 모습, 즉 죽음을 알리는 **증상**에 대한 그 유명한 묘사를 떠오르게 한다. "악성 질병의 진단시에 의사는 다음과 같이 관찰해야 한다. **의사는 우선 환자의 얼굴을 검사해야 하며, 그런 다음 그의 겉모습이 건강한 사람의 모습과 같은지 봐야 하며, 특히 그 겉모습이 평상시의 모습 그 자체와 동일한가를 봐야 한다.**"[30] 겉모습은 가장 건강한 상태의 겉모습과 같아야 하는데, 만일 겉모습이 평상시의 본 모습과의 격차가 커지면 커질수록 생명에 대한 위험이 커지는 것이다. 질병은 그처럼 정상적인 상태와의 격차라고 간주되며, 건강이라는 것은 특히 **본모습과의 일치**라고 규정된다. 외관이 정상시의 모습과 현격하게 달라졌을 때, 얼굴이 소위 **히포크라테스적 용모**(코끝이 뾰쪽해지고, 관자놀이가 함몰되며, 두 귀가 축 처지는 등의 모

---

30) 《예후》 제2장, 리트레의 번역, t.2, p.110-191.

습)로 변할 경우, 즉 모든 사람들이 마침내 서로 비슷한 용모를 갖게 되는 순간, 그때가 바로 죽음의 순간인 것이다.

물론 테르툴리아누스가 죽음을 정신과 육체와의 분리라고 정의한 최초의 사람은 아니다. 오히려 플라톤이나 금욕주의 학파 철학자들, 그리고 향락주의 학파 철학자들이나 루크레티우스 등을 떠올릴 수 있을 것이다. 우리에게 죽음은 그 무엇도 아닌 것이며, 그 이유로는 우리가 살아 있는 동안은 우리라는 존재는 정신과 육체의 결합체로서 살아가기 때문이다. 하지만 시체에 대한 **규정**의 관점에서 볼 때, 철학과 의학에 정통한 테르툴리아누스의 주장은 내게 매우 설득력이 있어 보인다.

자아와 타자

지금까지의 나의 언급은 매우 추상적이었다. 그것은 아마도 단지 시나리오에 해당할 것이다. 시체에 대한 이야기에서는 당연히 고통과 고뇌와 공포, 심지어는 강박관념 등의 요소들을 개입시켜야만 한다. 간략하게나마 감동의 측면을 언급해야만 하는 것이다.

이를테면 시체에 대한 정의의 필요성을 느끼게 하는 두 가지 요소가 있다. 그 하나는 지금까지 우리가 많은 부분을 할애했던 의학적인 차원이고 다른 하나는 윤리 차원으로서, 그것은 위안 문제라든가 오늘날 문제시되는 정신 건강 문제 또는 그 당시에 사용했던 말인 apathéia(무감각) 등의 측면을 위해서 우리 인간은 두 눈으로 직접 시체를 목격해야 할 필요가 있다는 의미 하에서 언급되는 것이다.

썩은 시체의 매혹

인간은 썩은 시체와 같은 것에 매혹될 수도 있다. 그것에 대한 부연 설명이 무한히 많은 것은 아니다. 시체가 풍기는 매력과 관련해서 플라톤의 《국가》에 나오는 레온티오스의 이야기가 끊임없이 인용되는 것을 볼 수 있다. "레온티오스는 피레아스로 올라가는 길에 사형장에서 처형돼서 **죽은 많은 사람들**을 발견하고서는 그 시체들을 직접 보고 싶은 욕구와 그것들을 피해 가고자 하는 혐오감을 동시에 느꼈다. 그는 한참 동안 그런 자기 자신과 싸우다가 두 손으로 자신의 얼굴을 가렸다. 하지만 결국 그는 그것들을 보고자 하는 욕구에 굴복한 나머지 두 눈을 크게 뜨고 죽은 자들을 하나씩 훑어보다가 큰 소리로 외쳤다. '가련한 자들이여, 당신들을 아름다운 모습으로 치장하시오!'"(《국가》, IV, 439e)

그런 레온티우스에게서 **시체 강간증**에 대한 콤플렉스의 흔적이나, 아니면 최소한 죽은 자들에 대한 특별한 관심이 잠재하고 있다는 사실을 발견할 수 있다. 죽은 자를 위한 위령 기도에서는 그 레온티우스와 관련이 있는 희극 시인 테오폼포스에 의해 불려진 시의 일부분이 인용됐다. "세 권의 책에서 나오는 인물인 레오토피데우스는 레온티우스가 보기에 죽은 자처럼 혈색이 좋고 매력적으로 보입니다."(《Com. Att. Frag.》, I, 739쪽, Kock)

어쨌든 위의 플라톤의 삽화에서는 절제된 열정과 관련된 이야기이다.

하지만 시체와의 대면이라는 문제가 남아 있다. 여기서 우리는 데모크리토스의 사상을 발견하게 된다. 필로데모스는 말한다. "……데모크리토스에 의하면, 반면에 부패는 매우 강한 인상을 불러일으키는데, 그 이유는 시체가 부패 냄새처럼 썩어 발산되는 것을 표현하는 이미지를 갖고 있기 때문이다. 화사하고 좋은 혈색을 지닌 채로 죽은 사람들의 음영을 기다리고 있는 것은 바로 부패이기 때문이다……."[31]

그러나 예상치 못한 채 갑작스럽게 맞닥뜨리게 되는 시체는, 굳이 말하자면 바로 자기 자신의 시신인 것이다. 이같은 불쾌한 주장에 중요한 재료를 제공하는 것은 바로 루크레티우스의 시구인 것이다.

III, 879: "모든 인간은 자신의 눈앞에서 새와 들짐승들이 자신의 죽은 육체를 마구 뜯어먹는 모습을 볼 때 자신에 대해 강한 연민의 감정을 느낄 것이다. 인간은 자신의 육체로부터 분리될 수 없기 때문이다. 인간은 또한 자신의 시신으로부터 일정한

---

31) 《죽음에 관하여》, XXIX, 27, 메클레, B1 a. J.−P. 뒤몽의 번역, 《Les Présocratiques》, 파리, NRF, 플레야드 전집, 1988, p.835.

거리를 둘 수 없으며, 자신의 시신 곁에 서 있는 인간은 자기 자신의 감각으로 자신의 시신을 모독하는 것이다."

그러므로 철학자 에피쿠로스처럼 죽음은 우리에게 아무것도 아니다라는 사실을 끊임없이 반복해서 되새겨야 하며(III, 830), 그리고 키케로가 그의 저서 《투스쿨라나에스》(I, 34, 82)에서 말한 것처럼 죽음 이후에는 어떤 고통과 감각도 느끼지 못한다는 사실을 되뇌어야만 한다.

자신의 시신과의 대면은 불가능한 것이지만, 우리 인간의 마음속에서 강박관념으로 자리잡고 있는 것이다. 나는 감동적인 한 예를 들고자 하는데, 그것은 신중한 문헌학자인 동시에 16세기 시대에 대한 뛰어난 해석자인 드니 랑뱅이라는 사람의 예이다. 이 문헌학자는 조금 전에 내가 인용했던 루크레티우스의 시구에 대해 주석을 달았는데, 그 주석은 우리의 주제를 완벽하게 요약하는 것이다. 내가 직접 번역한 내용을 인용한다. "예를 들면 드니 랑뱅이라는 자는 죽게 될 목숨으로 태어난 사실에 대해 분노하고 그같은 조건을 한탄하는 사람을 전혀 발견하지 못했으며, 그 랑뱅이라는 자는 죽은 채로 누워 있는 자신의 시신 앞에서 슬피 울어 줄 수 있는 또 다른 살아 있는 랑뱅이라는 자가 절대로 존재할 수 없다는 사실을 깨닫지 못하고 있다."

루크레티우스에게 시체는 썩은 고기와 같다. III, 717 이하는 다음과 같이 말하고 있다. "그 살이 이미 부패하기 시작한 시체 속에는 구더기들이 들끓고 있다는 사실은 무슨 연유로 인한 것일까? 피와 뼈가 없이 썩고 있는 시체의 몸 속에 우글거리는 이

생물체들은 어디에서 온 것일까?"(에르누 번역)

랑뱅은 자신의 시체를 상상하면서 커다란 전율을 느꼈던 것이다. 그런데 우리도 그런 상상을 해야 하는가? 의사이자 시인(나만이 그를 그렇게 평가하지만)인 반 헬몬트는 뛰어난 성찰을 통해 시체의 촉감에 대해서 언급했다. 나는 르 콩트의 번역본(1670)을 통해서 그 내용을 인용하겠다. "……죽은 사람의 시체는 숨이 끊어진 황소의 것과 비교해서 그 체온이 그다지 심하다 할 정도로 차갑지 않으며, 일반적으로 시체들은 시체를 만지는 자의 손을 시리게 할 정도로 얼음장 같은 냉기를 지니지는 않는다. 그토록 차가운 느낌은 단지 시체를 만질 때 죽음을 두려워하는 생명의 원질(Archée)이 느끼는 공포심에서 기인한 것이다. 첫번째로 인간은 상상을 통해 죽음을 느끼기 이전에 직접 죽음을 맞게 되는 것이다. 두번째로 인간은 실제로 죽음을 두려워한다. 세번째로는 가장 중요한 인간의 영혼이 몸 밖으로 빠져나가서 도망을 치는 것이다. 네번째로 인간은 내면에 고정되어 있는 죽음의 이미지가 너무도 강렬해서 거의 극심한 공포를 느끼는 것이다. 그처럼 생명의 원질이 죽음의 이미지를 너무도 정확하게 포착하는 결과 그 차가워진 손을 난롯불에 한 시간여 동안이나 쬐어야 할 정도이다. 결과적으로 공포에 대한 개념은 실제로 위에서 언급한 것처럼 발생하고 공포심의 효과가 큰 영향력을 끼치며, 그리고 그 공포 개념은 인간의 상상을 통해서가 아니라 생명의 원질을 통해서 형성된다는 사실을 우리는 깨닫게 된다."

생명의 원질이라는 것은 상복부 부근에 자리잡고 있는 중요한 생명의 근원이다. 여기서 전문 용어는 그다지 중요하지 않다. 반 헬몬트가 우리에게 말하고자 하는 바는 인간의 지식과 상상력 이전에 우리의 내면에 그 어떤 것이 존재한다는 것인데, 그 어떤 것이란 생명 그 자체이면서도 그 몸의 시체를 두려워하며 자아의 일치가 한창일 때 합일을 이루다가도 곧바로 자신에게서 멀리 달아나는 것을 말한다.

생매장과 화형에 대한 공포

극단적인 이타성 속에서 자신의 시체를 관찰하는 길에 이르러야 한다. 시체에게는 더 이상 생명적인 것이 전혀 남아 있지 않다. 그런데 바로 그 시체의 상태에서 또 다른 하나의 고통이 발생된다.

여기에서 또다시 데모크리토스의 사상을 만나게 된다. 프로클로스는 말한다. "이전의 수많은 작가들과, 특히 자연철학자인 데모크리토스는 그의 저서 《하데스론》에서 **죽었다가 다시 부활한** 사람들에 대한 조사 자료들을 **수집했었다.**" 프로클로스가 뒤이어 언급한 내용에서 볼 수 있는 것처럼, 이미 우리도 알고 있다시피 시체에게도 여전히 생명이 존재한다는 사실에 관련된 그 조사──나 역시 죽음 바로 직전의 삶과 느낌에 대해서 들은 바가 있다──는 우리가 모든 시대에 겪었던 공포심들을 불러일으키기에 충분한 것이다. 그 조사는 특히 18세기에 조직적으로 행해졌었다. 브뤼이에 다블랭쿠르의 저서는 그 점에서 커다란 중요성을 띤다. 야곱 베니그누스 윈즐로가 저술한 《죽음의 증상에 대한 불확실성과 시체 매장 및 성급한 방부 조치의 남용에 대한 견해》(수개 국어로 번역된 작품)와 관련된 것으로서 자크 장 브뤼이에가 번역하고 해설을 붙여 1742년에 파리에서 출간되었다. 실제로 윈즐로는 생매장당할 뻔한 경험을 갖고 있다.

당시의 많은 이야기들이 지금까지 전해져 내려온다. 특히 헤라클레이데스의 **숨을 쉬지 않은** 여자 이야기나 아스클레피아데스의 화형수를 구한 이야기는 지금까지도 회자되곤 한다. 아스클레피아데스의 이야기는 셀시우스나 플리니우스 또는 아풀레이우스에 의해 서술되었다.

셀시우스의 《의학 개론》, Ⅱ, 6, 15를 보자. "나는 다음과 같은 질문을 제기해 본다. 만일 의사들이 죽음을 알리는 징후를 보이는 임종을 앞둔 환자를 포기한 상태하에서 그 환자가 건강을 되찾게 되는 일은 무슨 영문인가? **들리는 여러 소문에 의하면, 어떤 사람들은 자신들의 장례식날에 다시 살아났다고 하는데 그 경우는 어찌된 일인가?** 게다가 정확히 말해서 데모크리토스라는 사람은 의사들이 확실한 사망 선고를 내릴 수 있을 정도로 죽음에 대한 정확한 증상을 나타내는 사람은 없다고 주장한다. 그같은 이유로 그는 임박한 죽음을 예시하는 정확한 증상이 존재한다는 사실을 전혀 인정하지 않는다. **나는 (이전의 징후와) 유사한 징후가 흔히 유능하지 못한 의사들을 당황케 하는 것이**

아니라 오히려 경험이 부족한 의사를 당황케 한다는 사실을 그런 사람들에 대한 답변으로 언급하고 싶지는 않으며, 아스클레피아데스가 장례식에서 막 무덤에 매장되려던 사람에게 아직도 목숨이 붙어 있다는 사실을 알았다는 것조차도 언급하고 싶지 않으며, 게다가 그 사람의 죽음을 잘못 선고한 행위에 대한 책임을 전적으로 의학에 전가시킬 수 없다라는 사실마저도 언급하지 않을 것이다. 오히려 온건하게 의학이라는 것은 예측 기술이며, 본래 예측이라는 것은 오판의 가능성을 포함한 상태에서 가장 적당한 것을 찾는 기술이라는 사실만을 주장할 것이다."[32]

플리니우스와 아풀레이우스가 보여준 묘사는 매우 생동적이다. 아풀레이우스의 이야기(《플로리다》, 19)에서 나의 흥미를 끄는 것은 아스클레피아데스의 행동 방식이다. "무덤 가까이 다가간 그는 아무도 자신의 질문에 대답을 하지 않으므로 자연히 호기심에 이끌려서 죽음의 정체를 파헤치고 싶었으며, 그는 또한 자신의 연구 목적으로 의학적인 지식을 통해 그 죽은 자를 관찰하고 싶어했다. 어쨌든 아스클레피아데스는 그곳에 누운 채 무덤에 파묻히게 될 신세에 처한 그 남자에게 운명의 신이 보낸 사자의 모습으로 나타난 것이다. 그 불행한 남자의 몸은 이미 향료로 가득 채워져 있었고, 그의 얼굴에는 이미 향수가 발라져 있었으며, 손톱들도 벌써 손질이 끝난 가운데 장례를 위한 모든 채비가 완료된 상태였다. 그러나 아스클레피아데스는 그

---

32) 셀시우스, 《의학 개론》, G. 세르바의 번역, 파리, 벨 레트르.

남자를 검사하면서 여러 증상들을 면밀하게 기록했고, 그 몸의 구석구석을 수차례에 걸쳐 만져 보고서 그 남자에게 아직도 생명이 남아 있음을 발견했다. 곧바로 그는 큰 소리로 외쳤다. '이 사람은 아직 살아 있소. 이 횟불을 저리 가져가고 불을 치우시오. 이 장작더미도 저리 치우고, 무덤가에 차려 놓은 장례음식상을 치우고 잔칫상으로 바꾸시오.' 그러자 사람들의 웅성거리는 소리가 들렸다. 어떤 사람들은 그 의사의 말을 믿어야 한다고 말하는가 하면, 또 다른 사람들은 그를 조롱하기까지 하였다. 결국 거의 유산을 수중에 넣은 바와 다름없던, 하지만 믿어지지 않는다는 듯이 여전히 의심스런 표정을 짓고 있는 가까운 친척들에 대해서는 아랑곳하지 않은 채 아스클레피아데스는 사망한 그 남자에게 죽음을 연기시켜 주었다. 이처럼 지옥에서 건져낸 것처럼 그 죽었던 남자를 장의사의 손에서 벗어나게 한 아스클레피아데스는 그 남자를 그의 집으로 데리고 갔다. 거기서 그는 당장에 그 남자에게 숨을 불어넣어 주었고, 여러 치료약을 통해서 그 남자의 몸 깊숙한 곳에 숨겨져 있던 생명을 되찾게 해주었다."

그런 '한계 상황'은 고대 시대의 죽음의 증상에 관한 문제와 연계가 있는데, 그것에 대해서는 미르코 그르메크의 연구 결과가 나와 있다.[33]

시체의 역사가 의무적으로 해부학의 역사에 관련되지 않았다는 것은 명백한 사실이다. 하지만 해부학이 시체의 역사에 필수적인 것 또한 명백한 사실이다. 감히 말하건대 죽은 육체는 엄밀히 말하면 **완전한** 시체가 아니다. 산 자와 해골 사이에는 하나의 과도기적인 상태라는 개념이 필요하다. 시체에게는 일정한 심오함이 깃들어 있어야 한다. 시체는 자연과 문명 사이를 연결하는, 눈으로 식별이 가능한 최후의 연결고리인 것이다. 시체가 살아생전에 지니고 있던 과거의 자기 본질을 상기함에 따라, 그리고 시체가 부패로 인해 소멸되는 자연의 순리에 순응함에 따라 시체는 자연 쪽에 속하게 된다. 시체가 과거의 자기 존재를 상기함에 따라, 그리고 시체 방부 처리나 장례식 등과 같은 문화 행위의 절차를 밟아감에 따라 시체는 문명 쪽에 속하게 되는 것이다.

시체가 바로 죽음의 지적인 재현에 그 의미를 부여하는 것이다. 아마도 인간은 자신의 시체를 곁에 서서 내려다볼 수 있다고 상상할 수 있는 유일한 동물일 것이다. 하지만 만일 예를 들어 시체의 역사가 인간의 철학사라든가 정신사에 속하는지를 생각해 본다거나, 그 질문이 하나의 다른 의미를 지닌다고 가정할 경우 나는 이 시체의 역사가 **문화적 상상력**이라는 것에 속한다고 주장하고 싶다. 시체라는 것은 문화적 상상력의 상투적인 이미지라는 사실을 모두가 잘 알고 있을 것이다. 나는 고대 문명이 어떻게 그 상투적인 이미지가 생성되는지 그 과정을 우리에게 잘 보여준다고 생각한다. 우리는 문화적 상상력의 변천

---

33) 《고대 그리스 로마에서의 죽음의 징후》, 프랑수아 이나르(출판), 《로마 시대의 죽음, 죽음들 그리고 그 저편》, 캉대학, 1987, p.129-145.

과정을 조사할 때마다 매번 한정된 수의 텍스트들이나 인용구들을 가지고 연구를 해야만 한다. 예를 들면 우리는 데모크리토스적인 말장난의 중요성을 보았다.

해부학자들을 비롯한 모든 분야의 역사가들은 항상 일정한 거리를 유지해야 하며, 객관적인 사실을 추론해 내야 한다. 죽음의 역사에는 단지 시체의 외형만을 관찰하고 연구한, 객관성을 띤 또 다른 역사가 존재할 수도 있을 것이다. 하지만 나는 시체를 연구하는 역사가들이 마찬가지로 객관성을 유지할 수 있다는 사실에는 의문이 가는 것이며, 왜냐하면 시체를 연구하는 역사가들은, 마치 조금 후에 드니 랑뱅이라는 사람이 보여주는 것처럼 자신의 시체를 직접 대면하게 되기 때문이다. 그 역사가들은 자신들의 죽음에 대해 초상을 치러야 하기 때문이다. 그것은 또한 한 해부학자의 경우이기도 하다. 병리학자인 E. 곤잘레스 크루시는 자신의 저서 《한 해부학자의 수첩》에서 직접적이며 독자적인 접근 방법을 통해 인체의 특징들에 대해 집중적으로 언급하고 있다. "죽은 자들이 인간이기를 멈추는 순간부터 죽은 자들은 인간과의 관계를 끊게 되는 것이다……. 그의 임무는 '자신의 유해를 조사하는 방법을 통해 살아 있는 사람을 설명하고자 하는 것이다.' 일반적으로 외관상 매우 불쾌하고 숨막힐 듯한 환경 속에서 수행되는 의사들의 매일매일의 업무 활동이 어떻게 의사들의 작업 환경 개선에 협력하는지를 보여주는 것이 과제로 남아 있다. 그같은 다행스런 결과는 해부학이 개인성과 연대감이라는 이중의 교훈을 인간에게 주입시켜

줄 수 있는 특별한 활력에 기인한다는 사실에 내 생각이 미치는 것이다."

시체는 이중적인 존재인 듯하다. 예를 들면 시체라는 존재는 개별성과 보편성을 동시에 지니고 있다. 우리는 그런 동시성을 히포크라테스가 묘사한, 임종을 앞둔 사람의 **모습**에서 분명하게 찾아볼 수 있다. 하지만 시체는 죽음 이후에 그 자체로서의 개인과 인간 전체를 동시에 증거하게 된다. 시체는 또한 유일하면서도 최종적으로 자연과 문화를 연결한다. 만일 우리가 죽음이라는 것을 개인의 자연과 문화로부터의 분리로 간주한다면, 지금까지의 시체에 대한 규정들은 그 분리가 즉각적으로 일어나는 것이 아니라 일정한 시간을 필요로 한다는 사실과 그 일정한 시간이라는 것이 정확히 시체에게 속한 시간이라는 사실을 우리에게 보여준다. 그 시체의 시간이 인간의 상상력을 통해 어떻게 삶의 시간에 속하는 공포심 속에서 나타나는지 이미 알아보았다. 우리는 또한 여러 세기를 거치는 동안 시체를 인류의 애도 작업이나 그 노력의 일환이라고 규정할 수도 있다. 그러나 우리는 또한 해부학이 시체에게 큰 가치를 부여했다는 사실과 인간의 지식과 이익 증진을 위해 시체를 인류 부류에 분류시켰던 사실을 이미 보았다. 그 작업은 그렇게 쉬운 것만은 아니다. 게다가 나는 베살리우스를 언급하면서 그 해부학자가 각각의 시체들 앞에서 어떠한 개별성에 직면하는가를 보여주었다. 반드시 개별성을 기초로 삼아서 보편적 원칙을 세워야만 한다. 감히 표현하자면 모든 시체는 **비정상적인** 것이다.

비정상적인 것을 가지고 정상적인 것을, 개별적인 것을 가지고 보편적인 것을 만들어야 하며, 한 움큼의 뼈를 가지고 전체 골격을, 죽음을 가지고 삶을 만들어야 하는 것이다. 나는 감히 다음과 같이 말한 적이 있다. **생이란 것은 죽은 것을 장악하는 것이다.**

시체를 정의하기 위해서는 정신/육체 사이에, 달리 말하면 삶과 죽음 사이에 완벽한 분리가 이루어져야만 하는데, 그렇게 분리하는 목적은 죽음 이후에 남겨진 유물들이 살아 있는 자들에게 **위로를 주는** 도구로 사용될 수 있게 하기 위함인 것이다.

그것은 하나의 고행을 요구한다. 그런 전반적인 제안은 '과학적 측면'과 도덕적 측면, 그리고 감동의 측면에서 그 가치를 발휘하게 된다. 하지만 나는 **우울감**의 고삐를 꼭 붙들어 매두었다고 말할 수 있다. 그 이유는 바로 그 우울감에서 모든 윤리철학과 위안의 방법 등이 발생되기 때문이다. 하지만 우리가 보았던 것처럼 정신과 육체를 분리하고자 할 경우, 고통으로서의 **우울감**은 시체를 객관적인 시각으로 관찰하는 행위에서 매우 유용할 수 있다. 고통과 우울감에게 있어서 철학적 사고를 한다는 것은 죽는 방법을 배우는 것이 아니라 **죽게 되는** 방법을 배우는 것이다. 이런 방식이 유익할 수도 있지만 특히 하나의 패러다임이라는 역할로서는 불충분한 것이며, 그 이유는 이 방식이 시체에게 인식론적 가치를 부여하지 못하기 때문이다. 그렇기 때문에 우리에게는 해부학이 필요한 것이다. 우리는 셀시우스의 글이 얼마나 복잡한가를 잘 보았다. 셀시우스가 일차적으로 살아 있는 자의 특성을 정의한 다음, 부수적으로 죽은 자들을 정의하게 된 이유는 윤리적인 이성에서 비롯된 결과인 것이다. 동시에 그는 《의학 개론》의 〈서언〉에서 데모크리토스 및 아스클레피아데스의 이야기, 그리고 공포와 고통을 담고 있는 **죽음의 증후**(indicia mortis)의 상대적인 가치를 상기케 한다. 그러나 그는 살아 있는 육체와 유사한 시체라는 육체의 실체를 의과대학생들에게 보여주기 위해서 시체를 직접 절개해야 한다고 주장하는 것이다.

5

고통의 은유적 표현

의사 아르키게노스

나는 먼저 의사 아르키게노스에 대한 언급을 필두로 본장을 시작하려 한다. 갈레노스는 자신의 저서 《환부》[34]에서 의사 아르키게노스에 대해 자세하게 설명하고 있다.

아르키게노스는 **서로 상이한 통증들을 통해서 질병에 감염된 부위를 알아낼 수 있다**는 가설을 주장했다. 각 신체 부위는 저마다 고유한 통증을 지니고 있다는 것이다. 그런 까닭에 극도로 세심한 주의력을 갖고 각 통증들의 특성을 파악해야 하는 것이며, 각 통증들의 **특이한** 점들을 규정하고 그 목록을 작성해야만 한다는 것이다.

그러나 갈레노스는 신체 부위와 통증 간의 연관성이 있다는 가설에 대해서는 논란의 여지가 많다고 생각했다. 갈레노스에

---

34) II, **VIII K** 70 이하. 다랑베르그 번역, t.II, p.506 이하.

게는, 특히 아르키게노스가 지나칠 정도로 정확하게 규명하고자 했던 의학 용어들이 명확하지 않았던 것이다. 환자들이나 의사들에게 있어서 그의 전문 용어들은 완전히 무용지물이었다. 그는 그 용어들을 지나치게 완벽하게 만들고자 했지만, 여기서 근대 의사들의 말을 빌리자면, 오히려 그의 용어들은 방언적이며 개인적인 용어의 수준에 머물고 말았다는 것이다. 아르키게노스의 그런 독창적인 시도는 수사학적인 이유로 인해 갈레노스의 빈축을 샀다. 예를 들자면 아르키게노스는 다음과 같은 사실들을 주장했다.

― 신경통은 통증이 **매우 깊으며**, 마치 송곳이나 천두기(두개골을 뚫는 기구)를 사용할 때처럼 찌르는 듯한 통증이며 엄청난 **압박**을 느낀다.

― 간의 통증은 다소 가벼우면서도 **고정적이며**, **마비의 느낌**과 더불어 **통증이 연속적**으로 찾아온다.

― 신장의 통증은 **격렬하며 찌르는 듯이 아프고** 연속적으로 압박하는 통증이다.

― 방광의 통증은 꽉 누르는 듯한 압력과 찌르는 듯한 통증과 더불어 **수렴성의 통증**이다.

― 자궁의 통증은 **날카로우며 찌르는 듯하고 도려내는 듯하며 비트는 듯한 느낌**과 함께 순간적으로 매우 격렬해진다.

― 정맥의 통증은 **육중하며 아래로 끌어당기는 듯한 느낌**과 더불어 항상 온몸이 무기력한 느낌이다.

― 피부 통증은 **온몸에 걸쳐 발생하며 나른한 기분**과 오돌토

돌한 곳을 미끄러지는 듯한 기분을 느낀다.

— 궤양의 통증은 다소 날카로우며, 표면의 고통은 약하지만 심층의 고통은 찌르는 듯이 격렬하다.

— 기관막의 통증은 온몸에 걸쳐서 불규칙적으로 고통이 찾아오며, 그 결과 기관막의 통증은 **hæmodie**(치아의 시큰거리는 감각)와 유사한 것으로서, 즉 치아가 시린 통증과 같은 것이다. **그런 시큰거리는 통증이 불규칙적으로 찾아온다.**

— 뼈를 에워싸고 있는 부위의 통증은 **바로 그 부위에서만** 통증이 느껴지며, 그런 연유로 인해 마치 뼈가 아픈 것처럼 느껴진다.

일반적으로 고대 그리스어를 번역하기란 상당히 어려운 일이다. 번역 문장은 거의 횡설수설에 가깝다고 해야 할 것이다. 그러나 너무 성급하게 아르키게노스의 시도를 비난하는 것은 잘못된 일이다.

매우 놀랄 만한 사실은 아르키게노스가 주장한 여러 감각들의 특성에 대한 매우 세심한 그의 관찰력이다. 모든 것이 어휘들의 특성에 근거를 둔다. 따라서 진단은 뉘앙스나 유추, 은유에 의해 좌우된다. 그렇게 해서 의학이라는 것은 환자의 담화를 분석하게 되는 해석학으로 변한다. 그런데 결국 의사와 환자는 서로간에 의견이 일치해야만 한다. 상호간의 공통 언어가 있어야 하는 것이며, 의사에게는 환자의 증상을 분석·해석·정리를 위한 참고 사항이라든가 규정들이 있어야 한다.

내 판단으로는, 그들의 주장의 요지를 이해하기 위해서는 의사와 환자 간의 대화를 통해서 형성되는 그들의 상호 관계라는 테두리 내에서 본 주제를 논의해야 할 것이다. 나는 앞서 《고대 의학》이라는 글의 초반부에서 히포크라테스는 존재와 진리의 철학적인 관점에 입각해서 그들 상호간의 대화를 다룬다는 사실을 보여주었다. 의사의 지식과 환자의 지식, 그리고 실제 존재하는 진리가 중요 관건인 것이다. 의사는 단지 추상적인 개념만을 소유하고 있으며, 환자가 영위한 삶 또한 특정한 형태에 속하지 않는 것이다. 의사와 환자의 지식은 서로 분리할 수 없는 속성을 지닌다. 하지만 지식의 출처는 어쨌거나 환자에게 근거한다.

한층 더 수사학적인 관점에서 보면, 아르키게노스와 동시대 사람인 에페소스 도시의 루퍼스가 저술한 《환자들에 대한 질문》의 중요성을 강조해야 할 것 같다.[35]

반면에 《고대 의학》에만 한정하기 위해서는 히포크라테스 의학 회의에서 끊임없는 논쟁을 일으키는 다음과 같은 그 유명한 문구를 참고해야 할 것이다. "실제로 하나의 척도를 목표로 삼아야 하는데 현재로서는 그런 척도——수치나 무게가 아닌 것——가 없으며, 특히 육체의 감각에 관한 문제일 경우에는 정확한 내용을 파악하기 위해서 그런 척도를 참조해야 한다."(J. 주아나 역) 내가 확증할 수 있다고 믿었던 것처럼, 코르비자르

35) 에페소스의 루퍼스, 《작품》, 다랑베르그와 루엘의 번역, 파리, 1879, 암스테르담에서 재발행됨, 1963, p.195-218.

가 재미있는 말로 표현한 '감각의 의학적인 교육'이라는 것에서 감수성이 예민한 육체라는 것이 환자의 육체인지 혹은 의사의 육체인지 파악하는 것이 우리의 관심사인 것인데, 예를 들면 《의사의 실험실》혹은 《히포크라테스 전집》의 〈De arte〉에서 그 자취를 찾아볼 수 있다. 여기서 우리에게는 그 해답이 중요한 것이 아니고, 그와 관련된 논쟁만을 고려하게 될 것이며, 그 논쟁에서는 환자의 감수성이라든가 의사의 감수성 문제가 제기되며, 그리고 언어라는 매개체를 통해 대부분이 두 당사자 간의 대화 속에서 이론적으로 이루어지는 그 두 사람간의 합의 문제가 제기되는 것을 볼 수 있다. 이런 논쟁은 병리학적 해부, 즉 육체의 절개를 통해 병의 증상과 부위 사이의 연관성에 대해 **사후 검시**를 통한 확인 절차를 밟지 못하는 연유로 인해 단순히 수사학에 머물게 될 수밖에 없다는 것은 뻔한 사실이다.

갈레노스의 주장은 수사학 수업으로 축소될 여지가 있다. 한 언어의 공통적 활용에 상응하는 용어의 특수성이라는 것이 존재한다. 만일 의사가 혼란에 빠지거나 정확한 분석을 내놓지 못하는 등, 요컨대 의미 있는 결과를 찾지 못하는 상황에 직면하고 싶지 않을 경우 의사는 바로 그 용어의 특수성에 의지하게 된다. 갈레노스의 주된 논지는 "감정은 상호 공통적이어야 하며, 그 감정을 표현하는 것에 사용되는 단어는 그것을 듣는 상대방에게 익숙한 것이어야 한다"는 것이다(다랑베르그 역). 고통에 대한 명확한 검토가 있어야 하는데, 아르키게노스가 고통과 관련해서 사용했던 단어들처럼 불분명한 단어들은 모두 한

쪽으로 제쳐두어야 한다고 갈레노스는 말한다. 명료한 이성과 경험을 통해서 정확한 판단을 해야 한다는 것이다.

가장 미묘한 사항은 바로 위에서 언급된 것으로서, 의사들은 주로 타인인 환자들에게 의지할 수밖에 없기 때문이다. 환자와의 대화는 힘겨운 일이다. 고통을 겪는 환자들은 정신쇠약 증세로 인해 자신들의 고통을 정확하게 설명할 능력을 결여하고 있다고 갈레노스는 말한다. 설령 환자들이 자신들의 고통을 설명할 수 있다 할지라도 사람들은 그의 설명을 이해하기가 쉽지 않는데, 그 이유는 그들에게는 겪고 있는 고통을 말로써 표현할 만한 여력이 없거나 고통 자체가 말로 설명할 수 없는 것이기 때문이다. 통증을 설명하려고 하는 환자는 자신이 그 통증을 이미 경험한 바가 있는 경우이며, 환자는 정신쇠약 증세 없이 정상적인 정신으로 고통을 정확하게 파악해야만 한다(그와 같은 일은 실제로 가능한 것이며, 갈레노스는 자신이 어떻게 스스로 phrénitis(광증, 사고 능력의 저하)에 대한 경험을 설명할 수 있었는지를 우리에게 말해 준다). 그리고 그런 상태의 환자는 의사인 타인에게 자신의 통증을 설명해 주기 위해서 자신 스스로도 의사와 같은 역할을 수행해야 한다고 갈레노스는 덧붙여 말한다.

그런데 의사와 환자 간의 공통 경험에는 한계가 존재한다. 아르키게노스와 같은 한 의사가 일생 동안에 온갖 질병이 유발하는 고통을 경험할 수는 없다. 게다가 아르키게노스는 환자가 아니라고 갈레노스는 말하고 있으며, 더불어 질병에 대한 그의 경험은 남자들에게만 발생하는 병에 국한된 것으로서 그는 전혀 자궁을 소유한 적이 없다는 것이다.

　의사와 환자가 완벽하게 동일한 경험을 겪는다는 것은 거의 불가능하다고 단정지을 수 있다. 말을 통해서는 정확하게 표현할 수 없기에 완전한 이해는 불가능한 것이라는 사실을 인정해야 하며, 의사와 환자는 상호 공통적인 언어와 감각을 통해서 이루어지는 공통적인 감성의 범위 내에 국한되어야 한다. 내가 여기서 말하는 꾸임없는 감각 혹은 순수한 감각은 우리 모두에게 공통적인 것이라고 가정할 수 있다. 예를 들면 우리 모두는 씁쓸하거나 시큼한 음식물을 씹을 때 치아와 잇몸에서 동일한 감각을 느끼게 되는데, 그 이유는 "우리가 그 사실을 직접 경험한 것처럼 거의 동일한 방식으로 동일한 결과를 초래하는 동일한 원인에 관계되기 때문이다." 그리스어는 인간의 오감과 관련된 모든 특성에 대해 특유의 명칭들을 소유하고 있다. 우리는 그리스어의 문법에 의거해서 모든 관련 용어들을 사용해야 할 것이다. 다른 한편, 환자들은 대개 이해 가능한 단어들을 사용하면서 표현을 한다. 예를 들면 그들은 바늘에 찔리는 느낌이라거나 머리가 뚫어진다는 느낌이라고 표현한다. 그들은 자신의 몸이 절단되거나 찢어진다고 느낀다. 그들은 압력이나 잡아당기기 혹은 짓누름의 감각을 갖고 있다. 어느 환자가 자신의 위장이 꽉 조인다고 말할 때 그 표현 방식은 평범한 것이며, 흔한 것이다. 게다가 그것은 아르키게노스 이전의 의사들에 의해 표현되었던 느낌들이다. 나는 앞에서 갈레노스에 대해서 장황한 설명을 했었다.

그렇다면 이제 아르키게노스를 통해서 무엇을 발견할 수 있을까? 그는 고통을 묘사하기 위해 그리스어에서 별로 사용되지 않은 희귀한 단어들을 사용하곤 했다. 예를 들면 가연성의 고통이라든가, 인력적인 고통이라는 말은 무슨 의미인가?라고 갈레노스는 말한다. 그 단어들의 의미는 바로 그것들의 사용 빈도수를 통해서 찾을 수 있다. 일반적으로 그 단어들은 아교와 같은 달라붙는 물체를 표현하기 위해 사용되며, 그 달라붙는 물체의 일부만 잡아당겨도 충분히 그 전체가 끌려오는 것이다. 하지만 그런 의미 선상에서 간의 통증은 가연성이 될 수 없다. 아르키게노스의 어떤 제자들은 그것이 염증이 난 간으로 인한 쇄골의 인력을 표현하는 것이라고 말하고, 또 어떤 제자들은 압박과 연관된 것을 **인력적**이라고 표현하는 습관에 비추어 볼 때 그것은 압박으로 인한 통증이라는 것이다. 실제로 갈레노스의 말에 의하면, **가연적**이라는 단어는 우리에게 그 어떤 의미도 알려 주지 못한다는 것이다.[36] 아르키게노스는 그리스어들을 혼돈해서 사용했으며, 단어들의 의미를 왜곡했던 것이다. 우리는 씁쓸한 느낌, 수렴성의 느낌, 부식성의 느낌, 짠 느낌, 부드러운 느낌, 쓴 느낌이 무엇인지를 너무도 잘 알고 있다. 그것은 맛과 미각에 관련된 것이다. 우리는 색깔이 시각과 관련된 것이라는 사실도 잘 안다. 습하고 건조하고 덥고 춥고 거칠고 반들반들한 것은 촉각에 속하는 것이다. 그런데 이 씁쓸하고 부

---

36) VIII K 112; D.529.

드럽고 시큼하고 짜고 끈적거리며 **뻣뻣한** 수렴성의 고통에 대해서는 어떻게 말할 것인가?

갈레노스가 주목한 것처럼 아르키게노스가 사용한 단어들의 커다란 원칙은 유사성인 것이다. 그의 가장 큰 실수는 각 통증에 해당하는 단어들을 선정할 때 주로 다른 감각들에서 사용되는 단어들을 채택해서 사용했다는 것이라고 갈레노스는 말한다. 예를 들면 아르키게노스는 신장의 통증을 **씁쓸하다**고 말하고, 방광의 통증을 **수렴적**이라고 말한다. 그런데 이런 표현들은 맛에 의해 구별되는 **미각**에 관련된 용어들이다. 결과적으로 아르키게노스가 **씁쓸하거나 수렴적**이라고 말하는 통증들이 정확히 무엇인지 이해하는 일이 쉬운 것은 아니며, 특히 푸르거나 붉거나 혹은 갈색의 통증이라고 말할 경우가 그러한 것이다.

그러나 만일 이런 명칭들을 변경할 경우 씁쓸하거나 수렴성의 고통을 언급할 때의 아르키게노스의 경우처럼 단어들을 이해하지 못한 채 그것을 표현하게 될 것이다. 게다가 어떻게 부드러운 통증이라는 것을 상상할 수 있겠는가? 통증이란 원래 환자를 고통스럽게 하는 것인 반면에, 부드럽다라는 말은 유쾌하다라는 것을 뜻한다. 그런데 우리가 여기서 주목할 만한 사항은 갈레노스는 의도적으로 부드러운 것-씁쓸한 것 등과 같은 기교적인 말장난을 무시한다는 사실이다.

통증은 다른 일반 감각과는 다르다. 통증에 본래의 의미 가치를 부여한다는 것은 과도한 은유와 유추를 행한다는 것이다. 아르키게노스에게는 우리가 이미 언급했었던 haemodie(치아의 시큰거리는 감각)처럼 잘 알려진 고통스런 느낌을 표현하는 일이 발생하게 되었다. 그런데 그는 기관막의 고통을 hæmodie와 유사한 통증이라고 표현했던 것이다. 무엇보다도 먼저 그 감각을 느끼는 부분은 단지 치아와 잇몸이다. hæmodie는 정확한 말로 표현하지는 못하지만 그것이 무엇을 의미하는지는 잘 알고 있다. 그런데 시큼한 사과를 먹는 사람들은 모두 그런 감각을 느낀다는 사실을 추측해 볼 수 있다. 하지만 아르키게노스는 그처럼 신체의 모든 기관막에 그 감각을 확대 적용시켰으며, 그런 행위는 완전히 과장된 것이다. 그것은 갈레노스가 전혀 언급한 적이 없었던 감각으로서 특별한 관심을 끄는 특이한 통증인 것인데, 뼈가 주조된 듯한 감각이며, 마치 통증이 어느 위치에서 하나의 형태를 유지하고 있는 것과 같다.

그런데 내 개인적인 판단에 의하면 갈레노스의 가장 뛰어난 장점은 논리적인 사고이다. 요컨대 아르키게노스는 이를테면 복합적인 동시에 통합적이며, 그러나 분석되지 않으면서도 즉각 감지될 수 있는 통증들의 기본 단위들이 존재한다고 믿었으며, 그 단위들은 감각의 경험을 통해서 유추에 의해 해석될 수 있는 것들이라고 생각했다. 그의 한 제자는 아르키게노스의 그와 같은 주장을 강조하려 했는데, 특히 갈레노스가 표현될 수 없는 진리에 속하는 것이라고 판단했던 통증들에 대해서 아르키게노스는 그 특징들을 파악하고자 했었다고 언급했다.

아르키게노스는 poiotès, 특성과 idiotès, 개별성을 혼돈한 것이다. 모든 감각은 하나의 특성만을 동시에 나타낸다. 바로 그

점에서 단 하나의 물질과 관련된 여러 특성들을 찾아볼 수 있으며, 또한 바로 그 점에서 개별성을 찾아볼 수 있는 것이다. 개별성은 더 이상 분해될 수 없는 하나의 통합체를 의미하는 것이 아니며, 단 한 단어로 표현할 수 있는 것을 의미하는 것인데, 반면에 개별성은 그것을 구성하는 특성들에 의해서는 분석될 수 있다. 그런 특징은 특히 미각에서 흔히 볼 수 있는 것이다. 만일 어느 한 물질이 씁쓸하고 부드럽고 떫으면서도 날카로운 경우 그 특징들은 그 물질의 개별성을 이루는 것이며, 어떤 경우에도 단 한 단어로 그 특징이 표현될 수 없다. 단지 그 특성들을 별도로 표현할 수 있거나, 굳이 원한다면 그 가운데 가장 우세한 특징이라는 지표를 통해 그 특성을 표시할 수 있다. 그러나 아르키게노스는 단순 무식한 사람이 아니라고 갈레노스는 말하고 있으며, 그리고 실제로 아르키게노스는 특성과 개별성을 혼동하여 사용하지 않았을 것이다. 그의 이론은 단지 이해하기 난해한 것이다. 그는 의사와 환자가 상호 이해할 수 있는 언어를 만들 수 있다고 믿었다. 심지어 그는 그런 언어를 가르칠 수도 있다고 믿었다. 사실 그는 하나의 특수 언어를 만들어 내기까지 했는데, 다른 이들은 그 언어를 이해할 수 없었다. 모든 학문에서 그 교육은 그 학문 고유의 특성을 지닌 단어들을 필요로 한다고 갈레노스는 말하고 있다. 그런데 아르키게노스는 너무도 난해한 방식으로 글을 썼기 때문에 아무도 그의 글을 이해하지 못했던 것이었다.

그러나 아르키게노스의 시도는 우리에게 매우 흥미로운 것이다. 그는 그런 시도를 통해 육체와 관련해서 즉각적으로 말로 표현될 수 없는 것에 몰두했다. 그 시도는 통증이라는 것이 단지 기타 여러 감각 가운데 하나이며, 단지 좀더 복합적인 특성 가운데 하나라는 사실을 주장한다. 그 복합성은 또 다른 새로운 명칭을 요구한다. 그것을 위해서는 은유와 유추를 사용해야만 할 것이다. 또한 환자를 교육시켜야 하고, 그의 감수성을 예민하게 만들어야 하며, 환자 자신에게는 자신의 육체의 통증에 대해 스스로 정확하게 파악하고 있다는 사실을 인식시켜야 할 것이다. 그런데 그것은 또한 통증에게 하나의 의미를 부여하는 것으로서 하나의 교육학적인 의미이며, 아이스킬로스의 **비극**의 놀랄 만한 고전적인 해석이며, 고통을 통한 하나의 학습을 제공하는 것이다. 갈레노스에게 그 문제는 그같은 방식으로 제기되지 않는다. 명백하지 않은 사실들은 말로 표현되는 것이 아니며, 흥미롭지도 않고 별 의미도 없는 것이다.

의사와 환자 간의 대화를 분명하고 명확한 것으로 만든다든가, 서로간의 공통적인 경험이라는 틀에 한정하는 것은 아마도 커다란 손실이 뒤따를 수 있다. 그런 제한으로 인해 더 이상 다른 것으로 축소될 수 없는 특유한 사항에서 환자의 경험이 소홀히 취급된다. 그런 제한하에서는 은유나 유추를 통해 발생할 수도 있는 진정한 경험의 분출에 대한 가능성이 무시된다. 즉각적으로 이해되지 않는 모든 것은 무의미한 것으로 치부된다. 그리고 환자 스스로 자신의 병을 간파할 수 있는 그의 특별한 능력, 즉 히포크라테스가 병리적이라고 언급했으며 19세기에 널리 알려졌던 **개인 감각**이라는 것의 특성도 경시된다.[37] 갈레노스는 많은 지식을 갖춘 어느 한 젊은 남자의 예를 우리에게 설명하고 있는데, 그 남자는 "자신의 몸에서 일어나는 일을 스스로 간파할 수 있었고, 그것을 타인들에게 설명할 수 있었으며" 간질병의 발작시에 "자신의 내부로부터 솟아나는 일종의 차디찬 호흡"[38]을 감지할 수 있다는 것이다. 그것은 그 유명한 **전구 징후**에 관한 것으로서, 현대 의학에서 병의 발작의 임박을 감지하게 되는 주관적인 징후라고 말하는 것이다. 의사측의 관점에서 볼 때, 그런 제한으로 인해 신체 내부 관찰이라는 의사 개인적인 능력이 무시당하는 것이다. 그런 상황에서 우리는 당연히 아르키게노스의 상상이 필요할 수도 있는 것이다.

갈레노스에게 있어서 사물은 항상 명백한 것이다. 아르키게노스의 용어에서 새로운 것이 있다면 그것은 새로운 것이 아니라 그 어느것도 지칭하지 않는 용어인 것이다. 그것은 단어들의 부적합한 은유인 것이다. 갈레노스에게 있어서 아르키게노스의 사고 방식은 이해 불가능한 것으로서, 갈레노스는 어떤 이유로 인해 그처럼 흥미로운 의사가 그 용어들을 만들어 냈는지에 대해 자문해 본다. 아르키게노스는 자신의 이성이 만들어 낸 그 특이한 창작물을 전적으로 신뢰했는데, 다시 말하자면 환자의 경험보다는 자신의 논리적인 영감을 더욱 신뢰했다는 것이다.

---

37) 히포투스의 하녀의 경우였다. 《유행병》 VI, 8e 편., n° 10=V L 348; cf. 《영혼에 관한 질병》, *op. cit.*, p.44-45.
38) 《환부》, III, 11.

고대 수사학의 역사와 관련해서 예를 들어 18세기 말엽의 의학계에서 널리 언급되었던 근육의 내부적 감각(coenesthésie)이라는 용어가 이미 아르키게노스에 의해 사용되었다는 사실을 살펴보는 것은 매우 흥미로운 일일 것이다.[39]

나는 즐거운 방식으로 글을 마무리짓기 위해 의사 크녹크가 전원 감시인에게 던진 미묘한 질문을 언급하고자 한다. "이것이 긁게 만듭니까, 아니면 간지럽게 합니까?"라는 질문은 고대 의학과 관련된 수사학에 속하는 질문이다.

샤를 블롱델

나는 샤를 블롱델의 저서 《병에 대한 자각》[40]을 자주 참고하곤 한다.

그 이유는 블롱델이 환자들의 언어와 표현, 그리고 그 언어의 문체에 가장 많은 관심을 보였기 때문이다. 환자들에게서는 은유적인 문체를 통해 모든 것이 이루어진다. 블롱델의 독창성과 장점은 기호학에 밀접한 것이 아니라 환자들의 언어와 관련

---

39) Cf. C.H. 휴브너의 논문, 《Coenesthesis dissertatio…》, 홀, 1794, 〈육체적 자각에 대한 소사〉, J. 스타로빈스키의 평론, 《정신분석 프랑스 평론지》 45(1981) p.266-279, 《카바니스와 정신 · 육체적 관계》, 《미래의 과학과 기술》, 1981-82, 낭트대학.
40) 샤를 블롱델, 《병에 대한 자각》, 파리, 알칸, 1916.

된 수사학에 밀접한 것이다. 우리에게 흔하고 평이한 듯이 보이는 그 언어는 실제로 우리에게 완벽하게 낯선 것이다. "그녀(베르트)는 기억력의 결함을 정당화하기 위해 자신의 머릿속에는 하나의 둥근 테가 있다고 우리에게 말했다. 그렇지만 우리는 그 말에 별 관심을 기울이지 않았는데 그만큼 그녀의 비유는 평범한 것이었고, 우리는 그 표현이 그녀에게 있어서 단지 비유에 불과하다고만 생각했다. 마찬가지로 만일 그녀가 자신의 머릿속은 텅 비어 있지 않고 꽉 차 있으며, 자신의 머리는 마치 바이스 공구에 끼워져서 꽉 조이는 듯한 느낌이라고 덧붙여 말할 경우 그것은 진부한 방식의 은유이며, 우리는 그 은유들을 통해서 신체적이고 정신적인 이중의 이미지를 직접 이해하지 못하게 되며, 그 시점에서는 우리의 의미 분석이 완료된 것이 아니다." 그런데 그녀는 다음과 같이 말했다. "예전에 저의 심장은 박동이 매우 컸었는데 지금은 심장 박동이 거의 멈췄어요." 이 표현은 확실히 정신적 의미와 신체적 의미를 동시에 내포하고 있음을 입증하는 것이다. "실제로 우리는 더 이상 그녀가 사용하는 단어들의 이중의 의미를 의식하지 않았다. 왜냐하면 그녀가 사용하는 언어의 독창성은 정확히 말해서 그 이중성을 무시하는 행위에서 비롯된 것이기 때문이다. 그녀의 사고는 의식 상태를 암시해 주는 일련의 표현 형식들을 연속적인 방식으로 두루 섭렵하는데, 그 의식 상태에서는 자아와 육체가 구별할 수 없는 한 단위에서 뒤얽혀 있는 것이다."(25-26쪽)

"베르트 부인이 사용한 단어들의 이면에는 우리가 잊고 있었

던 것이나, 혹은 우리가 전혀 알고 있지 못했던 심리적인 강박
관념이 서로 얽혀 있었다. 우리의 사고에서 단어의 선택은 일
종의 논리적인 전개에 의한 것이 아니라 **연속성에 의해 지배당
하는** 새로운 정신 체계를 이전의 개념 체계에 결합시키는 감정
의 참여에 기인한다. **환자들은 생소한 언어들을 사용하며,** 그런
만큼 그 언어들은 언뜻 보기에 우리의 언어와 동일하다고 생각
되어지지 않으며, **어떤 단어들도 서로 일치하지 않는 것이다.**
그 여자 환자는 불가사의를 규탄하며 자신의 고통을 몸소 겪는
것이다."(37쪽)

그러므로 우리는 마치 침전된 석회처럼 활기 없고 진부한 은
유들로 이루어진 평이한 언어에 직면하게 된다. 그리고 우리가
만든 그 활용법에서 우리는 그것이 암시하는 과거의 활용성과
혼돈성과 비극성을 더 이상 의식하지 않으며——그렇다, 그 점
을 반복해서 강조하는 바이다. 다른 한편 그 여환자는 육체적
가치와 도덕적 가치, 블롱델의 용어로는 구체적인 가치와 '상
상의' 가치라는 것을 동시에 내포하고 있는 한 언어를 사용하
는데, 그녀에게는 그 두 가치를 분리할 수 있는 능력이 없는 것
이다.

그런데 그런 사실이 바로 그녀의 고통인 것이며, 그런 사실
에 대해 의구심을 갖는 것은 문제가 되지 않는다. 그녀는 은유
적인 표현을 사용하지 못하는 사실로 인해 고통스러워하고 있
는데, 그것은 진술을 통해서 판단할 수 있는 슬픔·공간·장소
를 내포하고 있다는 의미에서 그렇다는 것이다. 블롱델이 매우

정확히 언급한 것처럼, 그녀는 연속성에 의해 지배당하고 있는 어느 한 체계 속에 놓여 있는 것이다. 환자 샤를의 경우에도 그 같은 주장이 효력을 발휘한다. 블롱델이 언급한 것처럼, 그는 육체와 정신을 구분하지 못하는 것으로 인해 고통스러워한다. (48쪽) "그는 특히 도덕적인 관점에서 더 이상 자기 자신이 아니라는 것이다. 하지만 육체의 쇠약이 그보다 덜 중요하다는 것은 아니다. 모든 것을 제자리로 되돌려 놓기 위해서는 커다란 충격이 필요한 것이다……."(위와 같음) 그리고 또한 "조금 전에 환자가 자신의 뇌에 대해 불평할 때 구체적인 의미와 은유적인 의미를 긴밀하게 혼합시켰으며, 죽음의 과정에 대한 초기 분별력에 의한 것보다는 언어 표현의 필요성에 의해 서로 다른 두 통로를 통해 발생된 것이라는 사실을 우리는 고려해야만 할 것이다."(49쪽)

환자는 고통을 겪으며, 그 고통을 말로 정확하게 표현할 수 없다는 사실로 인해 더욱 고통을 받는다. 의사에게 있어서 중요한 의미를 갖는 것은 환자가 진술하는 내용이 아니라 진술을 수행하는 행위에 있어서의 그의 무능력인 것이다. 그리고 은유적 표현이 분리를 암시한다는 것이 사실일 경우 그같은 불능은 은유로 표현하지 못하는 무능력을 의미한다. 수사학에서는 은유라는 것이 공간적인 접근이라고 간주된다. 그 여환자는 우리로 하여금 은유를 간격 효과로 간주하도록 하며, 그리고 간격 효과가 내포하고 있는 노력과 고통으로 간주하도록 한다.

그 이유는 환자에게서 영상이나 은유가 고갈되었기 때문이 아니다. 반대로 환자는 자신의 고통과 감각적 존재에 대한 절대적인 특유성을 소유한 듯하며, 그 환자의 언어는 오래되고 진부한 은유를 집성해 놓은 만물상과도 같다. 그런데 의사들은 그 같은 은유들이 그 특유의 은유성을 잃어 가는 경향이 있다는 사실을 이해해야만 한다. 그처럼 페르낭드라는 여환자는 자신의 가슴을 발톱과 스펀지에 비유했다. "그런데 비유라는 것은 말을 극도로 적게 사용하는 것이며, 그 이유는 그녀가 그와 같은 방식으로 현실을 표현한다고 주장하기 때문이다."(112쪽) 블롱델은 또한 다음과 같이 말한다. "우리는 이미 이전에 입증된, 신체 기관으로서의 심장과 도덕성을 의미하는 심장 사이에서의 육체적−정신적 공생 관계가 조직되어 있는 것을 보았다. 발병은 상이한 개념들이 그 은유에 대립하게 되는 두 통로, 즉 신체적 통로와 정신적 통로에서 은유적 표현이 실현하고 그 영향을 미치는 기본적인 관계의 중심에 자리잡고 있다."(위와 같음) 그리고 특히 "여전히 질병의 여러 단계를 거치면서, 한 단어에 대한 다양한 의미를 발생케 하는 은유에의 충동심은 이전에 결합되었던 개념으로부터 분리되면서 우리의 의식으로부터 상실되며, 이를테면 은유의 여러 과정을 거치면서 굳건하게 확립되고, 그리고 나서 구별 불가능한 연속성을 이루게 되는데 그 연속성에서는 여러 많은 유추들이 마구잡이로 사용되는 것이다. 은연중에 논리적으로 작용되는 우리의 정상적인 사고는 그런 모습 앞에서 놀라게 되는 것이며, 우리의 사고는 더 이상 정신과 육체 간의 표현할 수 없는 단위체를 실현하지 못하기 때문이

다……."(116쪽)

위의 묘사는 흥미로운 것이다. 그 묘사는 내가 간단하게 일원론이라고 칭하는 것과 은유를 상호 연계시킨다. 은유로 표현한다는 것은 내가 내 자신을 둘로 느끼며, 내 자신을 둘로 분리할 수 있다고 생각하는 것이다. 그렇지 않으면 나는 전혀 만족감을 주지 않는 연속성과 불투명 속에 머물러 있게 되는데, 병리학이 내게 극명하게 보여준 것처럼 그런 상태가 나를 고통으로 몰고 가기 때문이다. 사실 그것은 외부 묘사 이외에는 달리 그 어떤 것도 제공할 수 없는 상태인 것이다. 의사는 절망스러울 정도로 평이하게 보이고 실제로 완전히 낯선 언어를 해석하도록 노력해야만 한다.(163쪽) 그 '신통치 않은' 많은 이미지와 은유 앞에서 "동일한 경우에 그들의 상황은 우리의 상황과 동일하다"는 매우 자연적인 생각을 우리는 품게 된다.

그런데 그런 긴박함과 억제할 수 없는 은유에 대한 구속은 어디에서 왔는가? 환자는 자신의 감각적 존재의 개별성을 확신하며 가장 평이한 은유 주머니를 이용한다.

우리는 시적 문제의 근원에 놓여 있다. 우리가 아리스토텔레스를 다시 읽게 된다면 그것을 완벽하게 이해할 것이다. 《시학》이 말하는 바에 의하면, 은유라는 것은 개인의 자연성과 연관된, 다른 이들로부터 차용할 수 없는 수사라고 한다. 그런데 분명한 사실은 모든 사람들이 은유를 만들어 내며, 새롭게 만들어진 은유는 널리 사용되고 그 결과 진부하게 된다는 것이다. 우리는 은유의 두 순간, 즉 활동중인 은유와 모든 사람들이 사용해서 퇴색하고 죽은 은유를 사용한다고 추측해야 할 것이다. 그같은 어려운 문제에서 주된 요소라고 판단되는 《수면 속의 예견》이라는 작품을 다시 언급해야 하는 것을 용서하기 바란다.[41] 그것은 궁사에 대한 은유에 관한 것으로서, 아리스토텔레스는 그 은유를 통해서 모순을 해결하면서 '탈출구를 찾으려 시도했다.'

"우울병 환자들은 격렬성으로 인해 원거리 사수처럼 정확하게 활을 쏜다. 그리고 어느 한순간에 급변할 수 있는 그들의 태도[464 b]로 인해 그들에게는 인접성이라는 현상이 나타난다. 그 이유는 필라에지드(혹은 필라에니스)가 지은 많은 시에서처럼 미치광이들은 유사한 것을 동일한 것으로, 예를 들면 아프로디트라는 말과 프로디트라는 말을 동일한 것으로 생각하고 말하는 것처럼 우울병 환자들도 마찬가지로 그렇게 행동하면서 인접성의 영향을 받는다. 게다가 그들의 행동은 매우 커다란 격렬성으로 인해 또 다른 행동에 의해 방해받지 않는다."

우울병 환자는 사물들간의 간격을 통해 사물들을 보며 그 사물들 사이의 공간에서 삶을 영위하는데, 그렇게 해서 접촉성을 발생케 하고 그와 같은 상황에 놓여 있지 않은 사물들을 접촉이나 인접 관계를 통해 바라본다. 서로 전혀 유사하지 않은 사물들에게 인접성을 제공하는 것은 바로 자연과 개인으로서의 우울병 환자인 것이다. 우울병 환자는 자신의 내부로부터 탈출

---

41) 《환영의 진실》에서 이 문제를 다시 다루게 될 것이다.

해서는 전혀 서로간에 연관성이 없던 사물들을 자신을 통해서 서로 비슷하고 유사하게끔 만든다. 프랑수아즈 그라지아니와 이브 에르상이[42] 보여준 바와 같이, 르 타소 혹은 테사우로와 같은 존재들에게서 아리스토텔레스적인 성찰의 적용을 볼 수 있을 것이다. 르 타소는 시인의 삶을 영위하는 가운데 그의 창조적 광기와 병적인 광기를 아리스토텔레스의 용어로 구분지었으며, 감탄할 정도로 궁사의 은유를 좇았다. 프랑수아즈 그라지아니[43]가 보여준 것은 너무도 감동적이며 대담한 행위이다. 르 타소는 그의 저서 《사절(使節)》에서 다음과 같이 썼다. "그리고 내가 커다란 희망을 갖지 않을지라도 마케도니아의 왕 아르케라오스[44]와 관련해서 그것을 읽을 수 있듯이, 나는 강압적으로 자살할 정도로 매우 냉정하고 차가운 사람이 아니지만 손으로 직접 동물을 붙잡기 이전에 화살을 사용하는 사냥꾼처럼 사냥감을 명중시켰을 것이며, 나는 그와 유사한 결과를 훨씬 더 잘 예측할 수 있는 듯했다(e mi par di antiveder da lontano le cose simili e le consequenti).[45] 그리고 위의 은유처럼 많은 몽상과 이미지를 끝없이 상상하는 덕택에, 내게 단 한번밖에 일어나지 않는 것으로서, 하루 온종일 활을 쏘아대는 궁사와 같은

---

42) 《Cannocchiale aristotelico》의 저자인 에마누엘 테소로(1592-1672). Cf. 《은유적 인간》, 이브 헤르상의 평론.
43) 《정신병자 수용소의 공중화장실 혹은 우울증적인 생각》, 출간 예정.
44) 《문제 제기 XXX》의 기억.
45) 《수면 속의 예견》에 관한 기억. 《환영의 진실》을 참고하기 바람.

방식으로 나는 한번 정도 내 사고의 과녁에 도달할 수 있을 것이라고 생각한다."(F. 그라지아니 역)

이제 다시 블롱델의 이야기로 되돌아가자. 사실 신체 기관의 전신 감각에 대한 조사 결과는 우리에게 커다란 실망만을 안기게 될 것이다. 블롱델은 전신 감각과 관련한 가설을 반박하였는데, 우리는 여기서 그 반박한 내용들을 언급하지 않기로 한다. 블롱델에 의하면 그같은 주장에도 불구하고 그 가설은 '심리학적 가설'인 것이다.(167쪽) 반면에 환자들의 '은유적인 표현'은 우리에게 아무런 의미도 없다고 주장하는 것은 더 이상 논란의 대상이 되지 않는다. 우리 역시 불쾌감을 표현할 때 '막대기라든가 짓눌림 또는 피침이나 코바늘에의 찔림, 또는 바늘에 찔리는 느낌……'을 언급하곤 한다. 의사들의 진단을 방해하는 것인, 커다란 격차는 은유적 표현들의 다양성과 '야누스' 적인 특성이라고 블롱델은 말한다. 그같은 은유는 두 가지 측면을 지닌다. 하나는 우리에게 친근한 '전신 감각 측면'이고, 다른 하나는 정신 착란 측면이다. 임상 실험과 관련해서는 그 또한 매우 실망스러운 결과를 가져다 준다. 그 이유는 블롱델이 환자의 상태를 정확하게 분석하고자 할 때, 환자들은 자신의 생리적 불안이라든가 내적 상처를 드러내지 않으며, 게다가 역설적이게도 자신들 스스로를 믿지 않기 때문이다. 환자들은 자신의 불완전한 상황을 이용해서 자신의 불만을 더욱 심화시키지 않는다.(169쪽)

또한 블롱델을 놀랍게 하는 사실은 바로 환자가 자신의 감정을 표현할 때 환자 쪽에서 취하는 염려이며, 지나치게 세심하다 할 정도로 정확하게 묘사하려는 끊임없는 강박관념인 것이다. 우리는 드릴이나 막대기에 대해서 말할 경우 단지 그것을 언급하는 것으로 충분하다. "환자들에게 있어서는 전혀 그렇지가 않다. 환자들은 자신들이 그런 방식으로 사물을 설명하는 것에 대해 전혀 만족스러워하지 않는다. 그들은 끊임없이 부연 설명을 덧붙이려고 한다."(173쪽) 그런데 우리는 어떻게 그들을 작가와 특히 시인들과 비교하지 않을 수 있겠는가? 블롱델은 자신의 저서인 《문제 제기 XXX》을 연상케 하는 글에서 그 점을 놓치지 않고 있다. "이미지와 은유는 (…) 문학과 시에서 자연스럽게 사용되는 것이며, 작품의 도처에서 나타나는 내면의 표현 방식은 우리 일반인의 정상적인 담화 방식과는 완전히 다른 측면을 보인다(…). 이미지와 은유는 실제로부터 도피하고자 하는 다양성에 직면해서 지성의 결함으로 인해 직감에 호소하는 것이다." 그같은 많은 이미지와 은유, 그리고 억제할 수 없는 분석에의 욕구는 예술가들과 시인들뿐만 아니라 환자들에게서도 찾아볼 수 있다. 이제 더 이상 우리의 특별한 관심을 끌지 못하는 전신 감각은 환자들의 의식과 관련해서 생각해 볼 때 "마치 치료가 어려운 난제로 여겨지며, 지식인들의 눈에는 감수성이 극도로 민감해서 치료 방안이 필요한 커다란 문제로 여겨지는 것이다."(174쪽) 이제 필자가 예전에 인용했었던 콜리지를 예로 들어 보자. "본능적으로 자신의 성격을 심각한 문제로 간주하고자 하는 충동을 느끼며, 그 문제를 해결하기 위해 온갖 노력을 기울이는 사람들은 언제나 있어 왔다."

블롱델은 위에 언급된 콜리지의 감성적인 주장을 비난한다. 해결책은 거기에 있는 것이 아니다. "그런 병적 의식은 그 의식이 취하는 언어 포장(치장)을 은닉하는 데 충분한 일종의 논리적 실수 속에 기생한다. 실제로 문장에서 우리와 동일한 단어들을 사용하고 우리처럼 단어를 배열하는 연유로 인해, 정신착란자들은 자신의 생각을 표현할 때 우리를 착각하게 할 정도로 정확한 문법을 적용하면서 단어를 순서적으로 사용한다. 하지만 그 언어 치장이 항상 변함없는 상태로 머물러 있지 않는다는 사실은 우리의 연구를 위해서 다행인 것이다. 정신착란자의 내부에서는 간헐적으로 자기 모순에 대한 충동이 지나칠 정도로 격렬하게 일어나서 더 이상 내부 모순을 은폐할 수 없게 되는 상황이 발생한다. 그렇게 되면 병적 의식은 그 자체 내에서 정상적인 판단력에 절대적으로 필요한 판별 기능을 상실하는 것처럼 보이게 되며, 그 의식은 평이한 표현의 배후에 우리 정상인이 실현할 수 없는 총체 개념을 깔게 되는 것이다……."(225쪽) 실제로 환자들을 체계화하는 작업은 논리적인 순서에 입각한 것이 아니다. 그것은 "이미 체험했고 현재 체험중인 것에 대한 체계화 작업"인 것이다. 그러한 상황에서 어떻게 그들을 이해할 수 있겠는가?(205쪽)

본문의 주제는 중간 과정 없이 교조주의적인 방식으로 아르키게노스로부터 블롱델에게로, 수사학에서 의학과 질병으로, 그리고 명확한 증명 작업 없이 블롱델에서 아리스토텔레스에게로 옮아왔다. 은유를 제외한다면 아무 내용도 없으며, 은유만으로도 충분하다. 많은 근대의 의사들은 우울증을 극도로 쇠약하며 무기력한 개체, 그리고 부진하고 활발치 못한 신진대사를 소유한 개체로 간주하면서, 우리가 주장한 바처럼 환자들에게서 예술가와 창작자, 그리고 '천재'의 모습을 보는 행위를 거부한다. 하지만 은유는 또한 우울증의 **형태**라고 말할 수 있다. 바로 그 점에서, 여전히 우리의 이야기의 중요한 구성 요소를 드러내는 것이다. 그리고 우리의 첫번째 질문은 하나의 중요한 의미를 갖는다. 즉 시인과 미치광이 사이에는 연관성, 즉 일치성이 존재한다는 것이다.

　신경생리학자들이나 위장 전문 의사들은 관련 신체 기관들의 기능 마비가 **심각한 신경 쇠약**이라는 질병을 유발시킨다는 사실을 내게 입증해야만 하는데, 물론 그들도 병의 상태나 고통을 일시적으로나마 호전시키거나 혹은 심리학적·생물학적인 의미를 지닌 것이 아닌 오히려 존재론적 가치를 지닌 질병을 규정하는 기본 조항을 삭제할 수는 있겠지만 관련 의사들의 노력과 용기에도 불구하고 그 신경 쇠약이라는 질병은 치유되거나 치료될 수가 없다. 인간의 사고를 **치유**할 수는 없는 것이기 때문이다. 실상 모든 것은 마치 자아가 **심리학적·생물학적** 차원에서 존재론적 의미를 지닌 모험을 겪는 것처럼 행해진다. 그 결과 역사상 여러 시대에 걸쳐 의학이나 '심리학'에 의한 오해와 권력을 통한 왜곡이 있었으며, 그 반면에 마치 우울증은 다른 사상의 역사에 있어서 또 다른 출현을 증거하는 것처럼 일이 진행된다. 우울증의 비극은 마치 그 고통이 신체적인지 혹은 정신적인지를 파악하기 위한 연구가 진행된다는 것에 있다. 그 말은 우울증에게 별다른 의미를 주지 못한다. 우울증이 그와는 전혀 관련이 없으며, 그 발생과도 연관이 없는 현 상황에 놓일 수밖에 없었던 것은 바로 '이분론' 때문인 것이다. 블롱델의 환자들이 보여준 바와 같이 신체 내부 기관의 명칭들은 주요 사안이 아니다. 신체 내부 기관의 실체와 관련해서 착각을 불러일으킬 정도로 상당한 실체성을 포함하고 있다는 사실은 우울증의 정수인 것이다. 우울증이 소재한 위치를 찾는 연구는 이분론적인 함정에 빠질 수밖에 없는 공간화 작업처럼 실패라는 필연적인 결론에 이르게 된다. 그와 동일한 지적은 모든 '심리학적인' 접근 방법에 중요한 가치를 갖는다. 슬픔과 우울증의 비교는 그 두 증상이 절대적으로 명확하게 발견될 수 있는 것이 아니며, 서로 상충을 이루는 것도 아니라는 사실을 보여준다. 프로이트는 다음과 같이 말한다. "그[우울증 환자]는 맹렬한 자기 비판시에 자신을 초라하고 이기적이며 무성의한 자로 묘사를 하곤 하는데, 우리의 판단에 의하면 그 환자는 수시로 자아 비판에 이르게 되는 것이다. 그리고 우리가 품게 되는 유일한 의문점은 **그처럼 진실에 접근하기 위해서는 우울증이라는 병에 걸려야만 하는 이유를 알고자 하는 것이다.**"(《슬픔과 우울증》, 153쪽) 위에서 인용된 문장은 다음의 중요한 사항을 제외하고는 한 글자도 변경되지 않았다. **자의식에 심리학적이 아닌 논리적 의미를 부여해야 한다.** 반면에 위의 견해는 프로이트가 강조한 바와 같이 도덕성과는 전혀 관계가 없다는 것을 깨닫게 된다. 그러나 프로이트는 taedium vitae라는 표현의 '철학적 의미'에 집착했다. 그는 '신체 내부 기관'을 고려하지 않았다. 두 사물의 연상 작용이 우울증을 만든다는 것이다.

여러 문제점 가운데 하나는 우울증이 침울한 사고와 사고의 방해 원인을 증명할 수 있다는 것을 고려해야 한다는 사실이다. 아리스토텔레스 행세를 한 어떤 사람은 자신의 저서인 《문제 제기 XXX》에서 이미 우울증적인 체질과 우울증에 걸린 환자의 체질을 구별하면서 그 점을 인식했다. 그런데 이제 중요한 의미를 지니고 있다고 주장되는 우울증의 고통에 대해서 언급하기로 하자. 모든 고통들과 마찬가지로 우울증으로 인한 고통은 감각이 한없이 둔해지는 것이며, 그 고통은 고유한 의미를 내포하는 특별한 것을 지닌다. 우울증 환자의 불평은 외부로 잘 드러나지 않으면서도 그 존재를 드러내려고 하는 생물계에 연관된다. 물론 불안이라는 것은 개념적인 것이 아니다. 우울증적인 사고는 감정과 개념 간의 관계의 비극적 가치를 증명한다. 그런 우울한 사고는 감정 표출에 있어서 실수가 없으며, 감정을 개념으로 **취급하지 않는다**. 그 우울한 사고는 개념이 스스로 존재한다고 주장한다. 우리는 우울증−우울병의 경험이 그것의 **코기토**의 경험과 같은 것이라고 언급한 적이 있다. 실제로 그 **코기토**는 하나의 **옴파로스**이며 **중심점**으로서, 그 우울한 사고는 그것들로부터 절연될 수 없으며 마치 그 기원인 것처럼 그것들에 연관되는 것이다. 우울한 사고는 자아의 일치를 꿈꾼다. 진실에 압도당한 우울한 사고는 그 출처를 망각했다고 생각하는 개념적 사고의 무상함에 대해서 불평한다. 우울한 사고는 무엇보다도 한편으로는 감각을, 또 한편으로는 개념을 제시하는 이분론적인 거부인데, 이를테면 그 사고는 그처럼 영위된다는 것이다. 그러나 우울한 사고는 모순적인 방식으로 인해 그렇게 유지되는 것이 아니라 명령적인 방식하에서 유지된다는 것이다. 그같은 사고는 그 출처를 지정하게 되는데, 그런 행위는 그 사고로 하여금 그 발원 쪽에 집중케 해서 주의 깊게 관찰할 목적으로 스스로를 투영하게끔 하는 것이다. 우울증과 슬픈 사고는 단지 공허감으로부터 반영되는 것이며, 그 반면에 우울한 사고는 존재를 관찰한 목적으로 그 사고 자체에 집중된다.

사고 행위에 눈뜨기 위해서는 그처럼 찢기는 듯한 슬픔과 파탄이 필요한 것인데, 그것은 자신을 되돌아볼 계기를 제공한다. 사고를 수행하기 위해서는 소크라테스적인 거울의 역할을 하며, 자신을 마치 타인처럼 바라보게끔 하는 하나의 간접 매개체가 필요하다.

그 매개체는 상처로부터 결코 회복되지 못하거나 그 상처를 거부하는 개체들이다. 그같은 상태는 의도적인 것이 아니다. 그 상태는 실제로 우울증과 동일한 '운명'을 갖는다. 그 개체들은 매개체의 관점하에서 하나의 결과를 지닌 또 다른 사고 방식을 행사한다. 그것은 창작이며 작품인 것이다. 우울증적인 사고는 과거의 역사에 창조를 위한 사고 행위로서 기능해 왔다. 우울증 환자가 창작 활동을 하고자 노력하며 메두사 앞에 있는 것처럼 공포에 사로잡힌 채 근원을 향해 나아갈 때, 그 우울증 환자는 자기 존재의 공허에 직면해서는 영원히 침묵하는 것이다. 우울증 환자는 여러 많은 주장 앞에서 넋을 잃게 된다. 우리는 천재로 자처하는 우울증 환자의 자부심과 자아의 공허에 대한 한탄 사이에서 인식되는 수많은 모순을 이해하게 된다.

　내적 평온이 불가능하고 산발적으로 흩어져 있는 자신의 이미지를 그 근원에 집결시키지 못하는 나르시스인 것이다. 자신의 정확한 실체를 볼 수 없으며, 자신을 직시하는 것을 거부하고, 설령 그것이 자기 자신일지라도 타자에게 자신을 동일시하는 것을 거부하는 우울증에 걸린 환자인 것이다.

6

아엘리우스 아리스티데스의 실례

나는 두려움 없이 시적 모험을 감행했었던 2세기의 그 수사학자를 존경한다. 그는 자신의 저서 《신성론》에서 거의 17년 동안이나 자신을 고통스럽게 했던 특이한 질병에 대한 기이하면서도 열정적인 보고서를 우리에게 보여준다. 그것은 자신을 환자로 묘사한 작품으로 한 환자의 고전적 자서전인 셈이다. 그런데 자신을 통해 그 보고서를 작성하도록 요구한 자는 바로 의학의 신 아스클레피오스라는 것이다. 우리는 여기서 과거를 거슬러 올라가는 방식의 진단을 감행하지 않을 것이며, 설령 예전에 그런 시도가 이미 행해졌다 할지라도 그것은 위험한 일인 것이다.

기원후 118년초에 출생했다고 생각되어지는 한 남자, 즉 수사학자이며 문학자가 있다. 병을 앓고 있었던 그는 궁핍한 생활을 영위하고 있었다. 치료에 치료를 거듭하고 사원과 신전을 전전했으며, 신전의 사제에서부터 많은 의사들을 두루 만나 보았다. 그는 자신과 동시대인들의 눈앞에 많은 수사학을 나열해 보이고 고양시켰다.

"만일 아엘리우스 아리스티데스가 자신의 저서 《신성론》과 《로마의 찬가》를 저술하지 않았더라면, 그는 한갓 보잘것없는 무명인으로 남아 우리로부터 커다란 관심을 끌지 못했을 것이다"라고 페스튀지에르는 말한다. 항상 뉘앙스를 띠어야 한다. 인본주의자들에게 있어서 《로마의 찬가》와 그의 다채로운 글들은 오히려 근대의 학자들을 이성적으로 매혹케 하는 모호한 문체보다 더욱 큰 중요성을 갖는다.

그의 질병은, 그것이 무엇이든지간에 매우 복합적이었다. 그는 서로 뒤얽혀 있는 복합병을 앓고 있었던 것이다. 나의 그런 추측적인 판단은 아리스티데스를 독창적이지 못하다고 평가한 페스튀지에르만큼 단호하지는 못하다. 그러나 다른 이들이 그를 어떻게 평가하든지간에 아리스티데스는 독창적인 사람이며, 그 이유는 그만이 유일하게 자신이 **직접 체험한** 바를 우리에게 언급했기 때문이다. 많은 비밀투성이인 우리 모두에게 있어서 극도의 평범함에서 발생하는 것이지만, 한 고대인에게 있어서는 전혀 평범한 경향을 지니지 않은 것이다.

물론 적어도 지금 당장 즉각적인 해석이나 '명확한' 진단을 시도할 수 있다는 사실은 잘 안다. 그러나 정확히 말하면 바로 그런 해석이나 진단을 거부해야 하는 것인데, 그런 거부 행위는 내 스스로 하나의 좋은 방법이라고 믿고 있는 것을 위함이다. 관련 상황들을 신속하게 당시의 문화계에 대입시키려고 노력함과 동시에 그것을 조심스럽게 묘사해야 한다. 아리스티데스는 **로고스**의 사람이다. 그는 수사학의 대가이며, 루키아노스의 고유 영역인 2차 궤변술의 대가이다. 그런데 그 《신성론》을 통제했던 자는 아리스티데스가 아니다. 그 작품은 천상을 향해, 신의 근원과 충동심과 압박감을 향해 열려 있다. 그런 사실은 우리도 잘 알고 있는 상황으로서 고대의 '시적' 정황인 것이다. 즉 의학의 신 아스클레피오스는 여기서 그 기발한 작품의 뮤즈인 셈이다. 하지만 그 작품은 또한 파손되고 끊어지고 파괴된 형식으로서 그 수사학자에게도 기이한 형식이며, 그 형식의 구성은 수사학적 구성과는 전혀 별개의 것이다. 비장감과 서정감의 중간 정도랄까. 그렇다면 그 작품은 병든 자의 문학인가, 아니면 한 문화인이 자신의 병에 부여한 하나의 형식인가? 그것은 비록 어려운 문제이지만 반드시 제기하고 넘어가야 할 하나의 질문인 것이다. 혹은 당시의 병든 문화인가? (우리는 여기서 도드의 걸작인 《고난 시대의 이교도와 기독교인》을 생각하게 된다.) 혹은 아엘리우스 아리스티데스를 병들게 한 당시의 문화인가, 아니 좀더 보편적으로 고대 문명인가? 19세기의 정신병 의사 렐뤼는 자신의 유명한 저서 《소크라테스의 악마》에서, 그리스 문명은 악마에 대한 신봉으로 인해 소크라테스적인 악마의 병리학적 한계를 인식하지 못한 까닭에 소크라테스를 환각에 사로잡히도록 만들었다는 사실을 밝히려 했다. 내 주장과 관련해서, 그리고 내 주장이 다른 이들을 안심시키고자 하는 목적하에서 나는 소크라테스를 미치광이로 취급하지 않는다는 점을 확인시키고자 한다…….

아리스티데스의 《신성론》에는 많은 의사들이 언급되어 있다. 테오도토스·헤라클레온 또는 그밖에 많은 의사들이 나오는데, 우리는 그 의사들에 대해서 정확히 아는 바가 없으며, 그들은 단지 신전이나 그밖의 여러 장소에 상주하면서 아리스티데스를 치료했다고 한다.

그 의사들의 치료는 기껏해야 간호하는 정도의 수준이었는데 겉으로 표출되는 증상을 근거로 해서 그 병든 남자를 치료했던 것이며, 그의 병은 천식이라든가 강축증 발작 혹은 페스트성의 전염병처럼 묘사되어지는 것과 관련이 있으며, 그 의사들은 그를 치료하는 기간 동안 그 환자에게 희망을 상실케 했다. 그렇다고 아리스티데스가 의학을 무시했던 것은 아니며, 단지 의학의 절대적 가치를 부인했던 것이다. 나는 그가 의학을 경계했다는 말조차도 언급하지 않을 것이다. 오히려 그는 의학을 필요로 했다. 그는 자신의 누이가 병에 감염됐는지 알아볼 요량으로 의사를 불러오기도 했다. 그리고 다급한 상황에서는 자신이 직접 의사에게로 달려가곤 했다. 의학은 그 명칭 그대로의 역할을 담당했다. 나는 여기서 아리스티데스가 서술한 작품의 전체를 세부적으로 다루고자 하는 것이 아니라 단지 그 일부만을 소개하고자 한다.

신전에서 의료 행위를 수행하고 있던 사티로스라는 의사는 갈레노스 계열의 전문의로서, 어느 날 그를 진찰하게 되었다. 아엘리우스 아리스티데스가 그 의사와 관련해서 서술한 내용은 다음과 같다.

"그 의사는 내가 자리에 눕자 내게로 다가와서는 내 흉부와 하복부를 만져 보았다. 그리고 나서 나와의 대화를 통해 다른 의사들이 내게서 피를 뽑았던 사실을 알게 된 그 의사는 피를 함부로 빼서 육체를 훼손시키지 말 것을 내게 주문했다. 그 의사가 내게 말하기를, '내가 당신에게 아주 간단하고 가벼운 찜질약을 주겠소. 그러니 그것을 위 부위와 하복부에 붙이시오…….'"[46](페스튀지에르 역) 그 의사의 말에 아리스티데스는 자기 몸에 흐르는 피의 주인은 자신이 아니라고 대답했다(피를 뽑는 행위인 사혈은 신의 명령에 의한 것이라는 의미이다). 하지만 그는 사티로스의 처방——어떤 것인지 전혀 알 길이 없는 것——에 순응하지 않는다. 여기서 우리는 사티로스의 검진 내용에 대해서는 알지 못하지만 의학의 신이 내린 처방을 알게 된 것이다. "신은 내가 몸의 쇠약으로 고통스러워할 것이라고 분명히 알렸다." 여기서 몸의 쇠약이라는 것은 전신 쇠약이라고 이해하자.

의사들은 그에게 발본적인 치료 방법을 강요했었을 것이다. "몸을 절개하고 부식성의 치료제를 사용하려고 했는데, 그렇게 하지 않으면 나는 종기가 곪기 시작해서 죽게 될 것이다." 하지만 의학의 신은 정반대의 처방을 내렸던 것이다. 그의 친구들은 심지어 '수술'을 피하려 않는 그의 무기력함을 비난했다.

---

46) 아리스티데스, 《2세기경의 신성한 담화, 꿈, 종교, 의학》, A.-J. 페스튀지에르의 번역과 서론을 쓰고, J. 르 고프가 머리말을 기술함. 파리, 마퀼라, 1986.

그는 그런 비난에도 아랑곳하지 않고 신의 명령을 좇았다. 결국 의사들은 '그를 들볶는 일을 멈췄다.' 우리는 의사들이 여러 많은 이유로 인해 궁지에 몰려 당황해하는 경우를 종종 볼 수 있다. 그 이유는 환자들은 어떤 상황에서도 다루기 쉬운 상대가 아니기 때문이다.

우리가 보는 바로 의사들은 **선험적으로** 놀랄 만한 것이 아닌 치료 방법을 제시했다. 내가 말하고자 하는 바는 그 의사들은 복합성의 치료법으로서 '순수 의학적인' 조제술만을 참고했었을 것이다. 구토의 유발, 사혈, 의도적인 흡각, 하제, 그뿐만 아니라 온천수, 목욕 요법, 그리고 또한 테리아카 해독제 등을 사용했었을 것이라는 의미이다. 당연히 식이 요법도 사용했을 것이다. 그리고 또 다른 치료법도 있었을 것이다. 여기에서 의사들이 해독제 테리아카의 조제를 위해 어떤 조제법을 사용했는지에 대해서는 언급할 수 없다. 반면에 의학의 신은 그가 이전에는 냄새조차 맡지 못했던 '필론의 혼합성 약'을 그 환자에게 복용케 했다. 그리고 갈레노스 방식인 복합성 치료법이 있었다. 그러므로 그들은 평범한 의사들인 것이다. 그런데 만일 우리가 사티로스에 대한 갈레노스의 말을 신뢰한다면 그들은 훌륭한 의사들에 속한다. 어쨌거나 그들은 돌팔이 의사들이 아닌 것이다. 그들은 어떤 방법으로 그의 치료에 참여했을까? 어떤 때는 검진 후에 직접적인 치료법을 사용했다. 또 어떤 때는 우리에게 매우 놀란 만한 것으로서, 아리스티데스의 꿈을 활용하는 방식으로 치료를 했다. 다시 말해서 그 환자는 꿈속에서 의사가 자기에게 처방을 내리거나 혹은 심지어 진단을 하는 모습을 보기도 했다. 그처럼 환자는 꿈을 통해서 의사 테오도토스를 만나는 것이다. 그 좋은 예로 다음의 일화를 소개한다. "테오도토스는 자신의 몇몇 친구들과 함께 도착한 뒤, 집 안으로 들어와서 내 곁에 앉았다……. 나는 현재 금식중에 있다고 그 의사에게 말했다. 그러자 그가 그 사실을 이미 알고 있다는 식으로 몸짓을 통해 표명하고는 내게 다음과 같이 말했다. '요컨대 내 판단으로는 모든 의사들이 흔히 행하는 사혈을 뒤로 미루는 것이 좋겠소. 당신을 고통스럽게 하는 그 통증은 요통이죠. 그런데 금식은 극심한 고통에 대한 일종의 어중간한 처방책입니다…….'"(페스튀지에르 역)

꿈에 나타났던 그 의사는 의학의 신에 바탕을 둔 권위를 얻게 되었다. 그 꿈에 뒤이어 실제 현실에서 "자신이 구상하고 있는 치료법을 내게 적용할 의도를 갖고 있는 한 의사가" 나타난 것이다. "그 의사는 내 꿈 이야기를 듣자 사려 깊은 판단으로 신의 결정에 순종했다. **나는 그를 진정한 의사라고 인정했으며**, 내 통증을 정확히 판단했다고 생각했다." 실제로 그는 아첨하는 의사는 아닌 듯싶었다. 의사들은 꿈이라든가 꿈의 가치를 신뢰하면서 병의 진단이라든가 병세의 예측에 활용할 수도 있을 것이다.

우리는 갈레노스가 자신이 꾸었던 꿈을 좇아 의사가 되었다는 사실을 잊지 말자. "내가 15세였을 때, 아버지는 나를 변증법 수업에 데리고 가셨다……. 그후 내가 17세였을 당시에 아버지는 선명한 꿈에 영향을 받아 내게 철학 수업과 더불어서 의학 수업을 받게 하셨다……."(모로 역) 《히포크라테스 전집》에도 《규범》의 제4권인 '꿈의 개론'이 포함되어 있다. 그런데 테오도토스 또한 스스로 아리스티데스의 꿈을 분석했다. "그 환상을 본 후, 날이 밝자 나는 의사 테오도토스를 불렀다. 그 의사가 오자 나는 그에게 내 꿈 이야기를 했다. 그는 내 꿈의 신기함에 감탄했으며, 대답할 말을 생각하고 있었다……."[47]

진정한 의사

"나는 그를 진정한 의사라고 인정했다." 이 말은 내가 조금 전에 인용했던 문구이다. 진정한 의사라 함은 분명히 의학의 신 아스클레피오스를 의미하는 것이다. 의학의 창시자이며 약의 발명자인 의사 아스클레피오스와 관련된 신화나 전설은 이제 그만두기로 하자. 그 모든 것들은 이미 잘 알려져 있기 때문이다. 지금 내 관심을 끄는 것은 아리스티데스가 당시의 전통적인 문화를 바라본 시각인 것이다. 매우 흥미로운 본 작품에서는 의사 아스클레피오스가 세 형태의 상황에서 출현하고 있음을 우리는 잘 알 수 있다. 그 첫번째가 의사 테오도토스로서 꿈에 나타나서 자신의 의견을 피력한다. 두번째로는 현실에 속

---

47) 《환영의 진실》에서 이 문제를 다시 다루게 될 것이다.

한 평범한 의사의 모습이며, 그 꿈을 해석한다. 현실 속의 그 의사는 의학의 신의 의견에 순종한다. 그런데 아리스티데스는 그를 **진정한** 의사라고 인정하는데, 다시 말해서 자신에게 꿈을 꾸게 한 장본인이며 본인의 이름을 소개할 필요조차 없는 의사인 것이다. 그렇다면 그 의사는 어떻게 행동했는가?

그가 꿈에 의해 행동했다는 사실을 제외하면, 직접 그곳에 나타났건 아니면 누군가의 요청에 의해 불려왔건 간에 그는 의사로서, 즉 다른 일반 의사처럼 행동할 수 있었는데, 예를 들면 진단을 한다든지 병세를 예측하는 의료 행위를 할 수 있었다. 그처럼 그 의사는 아리스티데스에게 **수종**을 조심하도록 권고했다. 그런데 당시에 수종은 가벼운 병이 아니었다. 당시의 의사들은 그 수종이란 병의 정체를 정확하게 규정하고 묘사했었다. 그 의사는 당시의 의학계에서 진부한 것이라고 여겨지는 처방을 내렸다. 예를 들면 그 의사는 팔꿈치 안쪽에 사혈할 것을 권고했다. 그것은 전혀 특별한 처방법이 아니다. 그 의사가 찜질약을 처방한 것은 매우 평범한 일에 불과했다. 해독제와 관련해서는 아리스티데스가 그 해독제를 알아본 것처럼 신이 직접 그것을 제조했을 수도 있고, 경우에 따라 널리 통용되는 평범한 해독제일 수도 있다. 예를 들면 그 의사는 우리가 이미 언급했었고, 갈레노스의 약학전에 규정되어 있는 필론의 혼합약을 권고했다. 그는 포도주를 처방했는데, 그 경우에 그 처방은 혼합적인 것이다. 아리스티데스는 꿈에서 한 권의 서적을 읽었다. 그에 의하면, 그것은 안티스테네스의 《포도주 활용법》인 듯하다. 신들은 '고전적인' 서적을 자주 사용하곤 한다. 그러나 일반적인 치료법이나 처방전에서, 혹은 새로운 치료법의 발명에서 일반적인 처방은 완전히 뒤바뀔 수 있다.

특히 압생트의 경우에 매우 흥미로운 점이 있다. 의학의 신은 아리스티데스가 역겨워하지 않도록 하기 위해서 식초에 탄 압생트를 처방했다. 그 약이 매우 씁쓸하며 역겹다는 사실은 이미 널리 알려진 바이다. 아스클레피오스가 제시한 조제약은 특별히 놀랄 만한 것처럼 보이지는 않았다. "압생트는 위를 조여 주며, 담즙을 배설케 한다. 그 술은 이뇨제로 쓰이며, 배를 부드럽게 해주면서 복통을 없애 주고, 위 속에 있는 기생충과 가스를 제거해 주는데, 켈트족의 감송과 적황색 점토를 뒤섞은 뒤에 **식초를 첨가해서** 제조하는 술이다"라고 플리니우스는 기록하고 있다. 어찌됐거나 그것은 기이한 처방전인 것이다. "나는 더 이상 주저하지 않고 **신의 처방이 있었던 그 이튿날부터 그 약을 마시기 시작했으며, 그때까지 어느 누구도 마셔 보지 않았을 정도의 많은 양을 복용했다.** 내가 그 물약을 복용할 때 느꼈던 편안함과 그 약으로부터 얻어낸 이익에 대해서 말하건대, 어느 누가 그것을 정확하게 표현할 수 있겠는가?"

그러나 그 의학의 신은 자신이 제조한 치료약, 예를 들면 왕의 성유, 즉 아리스티데스로서는 이해하기 힘든 꿈에서 아스클레피오스가 지시한 근육통을 위한 치료제를 처방할 수 있었다. "왕의 성유가 있었다. 나는 그 성유를 어느 여인에게서 받은 뒤에야 마실 수 있었다. 나는 저 멀리 높은 곳에서 흰옷을 입고 허

리띠를 차고 있는 왕궁의 시종이 나타나는 것을 보았다. 그는 경비 대장의 부름을 받고 문을 통해 사라졌는데, 그곳에는 나머지 성유를 황제께 바치는 아르테미스가 있었다"라고 그가 말했다. 아리스티데스는 신전으로 가서 성직자를 만나 자신이 본 환상을 그에게 설명했다. 그러자 상대방은 그에게 수많은 찬사를 보냈다. 실제로 티케라는 이름의 여인이 방금 전에 아스클레피오스의 딸인 후지에이아의 발 밑에 성유를 바쳤던 것이다. "그 성직자는 내게 그 성유를 가져다 주었다. 나는 서 있던 자리에서 꼼짝하지 않고 선 채로 내 몸에 성유를 듬뿍 발랐다. 성유는 신비로운 향기를 발산하였고, 그 효력이 곧바로 나타났다."(페스튀지에르 역) 그와 대화를 나눴던 성직자는 성유가 세 가지 물질을 혼합해서 만드는 것이라고 그에게 알려 준다. "기본 물질은 기름 성분으로서 감송(쥐오줌풀)의 추출액이며, 또 다른 물질은 **희귀 식물**의 추출액입니다. 내 생각으로 그것은 나뭇잎의 명칭인 듯합니다." 그 제조약은 독창적으로 제조한 듯한 향유이며, 아리스티데스도 이후에 그 약을 다시 제조할 수 있었다.

아스클레피오스와 의사들 간에는 상충되는 면도 있었다. 그 결과 그 환자는 난처한 입장에 처했으며, 사혈을 해야 할지 아니면 찜질약을 사용해야 할지 결정하기 위해 그의 내면에서는 심각한 갈등이 일곤 했었다. 의학의 가장 보편적인 개념 가운데 하나는 **결정**(kairos)의 개념으로 알려져 있는데, 그 용어는 흔히 **상황**(l'occasion)이라는 말로 번역할 수 있다. 다음과 같은 히포크라테스의 격언 I은 우리에게 잘 알려져 있다. "인생은 짧고 예술은 길며 상황은 까다롭다." kairos라는 말은 대략 개입의 순간이라는 의미로서 사태의 긴박성과 그 긴박한 사태를 포착하는 의사의 순간 판단이라고 규정된다. 그것은 그 당시에 의사의 능력에 대한 측정인 것이다. 아리스티데스의 시대에, 특히 **방식을 중요시하는** 의사들 사이에서 kairos의 역할과 규정에 대한 논쟁이 있었다. 그러나 그 규정이 어떤 것이든지간에 의사들은 kairos에 대한 개념을 지니고 있었다. 그런데 우리는 신에 의해 선택되는 처방의 순간에 의사들이 느끼는 두려움을 이해할 수 있다. 가장 특이하다고 할 만한 여러 지시 사항 가운데 물론 목욕 요법도 포함되어 있었다. 목욕 요법은 실제로 극적인 효과를 발휘했다. 특히 다음과 같이 냉수욕법에 관한 일화가 있다. 아리스티데스는 건강이 위태로운 상태에 처한 적이 있었다. 의학의 신은 강으로 가서 강물에 몸을 담글 것을 그에게 지시했다. "당시는 한겨울이었다. 매서운 북풍이 불고, 살이 에일 정도로 추웠다. 그리고 자갈들은 서로 뒤엉킨 채 얼어붙어 있었고, 마치 하나의 수정 덩어리같이 보일 정도였다. 강물은 그같은 기온하에서 당연하다 할 정도로 매우 차갑게 보였다. 그 꿈의 환영을 통한 처방이 많은 사람들에게 알려지자 내 친구들과 내 전담 의사들을 포함해서 그밖의 많은 의사들이 나와 동행했는데, 어떤 이들은 내게 일어날 일에 대해서 걱정했고, 또 어떤 이들은 단지 호기심으로 그곳에 왔던 것이다. 또한 군중들도 빽빽하게 모여들었으며(실제로 집집마다 사람들이 문 앞에 나와 있었다), 근처의 다리 위에서는 모든 광경을 지켜볼 수 있었다. 내 친구들 중에는 헤라클레온이라는 이름의 의사가 있었는데, 그는 그 이튿날 내게 찾아와서 그날 내게 강축증이나 그와 유사한 증세가 나타날 것이라는 확신을 갖고 거기에 갔었다고 고백했다. 내가 물가로 나갔을 때, 나는 내 자신에게 용기를 북돋게 하는 행동을 할 필요가 없었다. 오히려 의학의 신이 환영을 통해 내 마음속에 심어 준 강인함으로 상기된 나는 겉옷을 벗어젖히고 몸을 비비고자 하는 생각조차 하지 않은 채 강 깊숙이 몸을 담갔다. 그러자 나는 마치 적당하고 따스한 온도의 물로 채워져 있는 수영장에 들어간 것처럼 온몸에 물을 끼얹고 수영도 하면서 물속에서 많은 시간을 보냈다. 물속에서 나오자 내 피부는 싱싱함으로 환하게 빛났고, 내 몸은 매우 가볍게 느껴졌다. 그러자 나와 함께 그곳에 왔던 사람들과 나중에 모여든 군중들의 입에서 커다란 감탄의 외침이 절로 흘러나왔으며, '아스클레오피스는 위대한 신이로다!' 라는 외침이 크게 울려 퍼졌다. 그뒤에 일어난 일에 대해서 어떻게 설명을 해야 할까? 그날 낮과 밤 동안, 그리고 잠자리에 들 때까지 내 몸은 목욕을 하는 상태와 같은 감각을 유지하고 있었다. 내 몸의 열기는 전혀 식지 않았으며, 그 이상으로 지나치게 높이 올라가지도 않았다. 그 열기는 사람이 인위적인 수단을 이용해서 발생케 하는 열기와는 전혀 달랐다. 그것은 팔다리를 포함한 온몸과 내 피부 전체에 일정한 힘을 끊임없이 골고루 퍼지게 하는 동물적인 열기였다. 내 정신도 거의 그것과 마찬가지 상태를 유지했다."

의학의 신의 역설

아리스티데스는 그의 또 다른 저서인 《아스클레피오스에 부치는 찬가》에서 의학의 신은 **역설적인 처방**에 많은 관심을 갖고 있다고 말한다. 어떤 환자에게는 백악 가루액을 마시게 하고, 또 어떤 환자에게는 독당근을 복용케 하며…… 몸에 열이 필요하다고 생각되는 또 다른 어떤 환자에게는 옷을 벗게 하며……. "나에 대해서 의학의 신은 강과 바다의 목욕 요법을 통해 심한 감기인 카타르와 사소한 감기를 멈추게 했다. 그리고 의학의 신은 내가 절망감에 사로잡혀 침대에 파묻힌 채 여러 날 동안 끊임없이 금식을 한 이후에 독한 하제를 사용할 적에도 내게 오랫동안 산책을 하도록 지시했으며, 내가 힘겹게 숨을 몰아쉴 때에도 글을 쓰고 말을 할 것을 권했다……." 아리스티데스는 《신성론》에서 역설적인 처방의 위상을 드높게 한다. "의학의 신은 수많은 역설적인 치료법을 내게 지시했다……." 한겨울에 맨발로 걷는 일이라든가 승마를 하는 것, 혹은 매우 차가운 강물에 몸을 담그는 것 등……. 그리고 그밖에도 논리적인 '이성'의 범위를 넘어서는 예측할 수 없는 여러 치료법들이 있다. 아스클레피오스는 역설과 불예측의 신이다. 아리스티데스는 그 신의 모든 지시에 복종했다. 그럴 때마다 그는 역설적이게도 마음에 편안함을 느꼈다. 다음과 같이 갈레노스가 언급한 사실을 고려한다면 당시의 의사들도 그 의학의 신과 같은 처방을 내릴 수도 있었다.

"그처럼…… 심지어 현재도 페르가몬이라는 도시에서 의학의 신이 15일 동안 물 한 모금도 마시지 않는 금식 행위를 금지시키는 지시를 내리면 환자들은 대부분 그 지시에 절대적으로 따랐는데, 반면에 그 어떤 환자들도 의사들의 동일한 처방에는 순순히 따르지 않는 것이다. 그 이유는 환자 자신이 커다란 은혜를 얻게 될 것이라는 단호한 확신을 가질 경우 의사의 지시에 따르는 행위에 있어서 환자에게 커다란 영향을 발휘하기 때문이다."

게다가 갈레노스는 다음과 같이 언급한다.

"그리고 자신들의 성격으로 인해 여러 해 동안 고통으로 신음하는 많은 사람들에 대해서 우리 의사들은 그들의 불균형적인 행동(감정)을 교정해 나가면서 그 고통을 치료한다. 음악 반주를 곁들인 오드 시 혹은 풍자 희극을 만들 것(그 이유로는 **마음/심장**(thymos)의 운동이 너무도 격렬하게 변하는 이유로 혼합된 육체를 적당한 체온보다 더 높게 만들기 때문)을 많은 사람들에게 지시했던 우리 의사들의 아버지인 아스클레피오스 신은 그 치료법의 사소한 증언자가 아니다. 의학의 신은 다른 사람들——또한 많은 수의 사람들——에게도 사냥이나 승마 혹은 무기를 통한 단련을 지시하곤 했다. 그리고 신은 동시에 사냥의 종류라든가…… 무기의 종류…… 등을 직접 지정해 주기까지 했다. 그 이유로는 의학의 신은 단지 몸의 활력만을 불러일으키려는 의도뿐만 아니라 단련의 방식과 양까지 지시하려고

하는 것인데, 몸의 활력이라는 것은 매우 연약한 것이기 때문이다."

질병과 시

우리 역시 역설적인 치료법에 순순히 따르는 듯하다. 그런데 나는 중요하게 여겨지는 몇 가지 특징에 대해서 주목하고자 한다. 우리는 《신성론》의 몇 가지 사항과 관련해서 미학적인 관점하에서 상세한 연구가 없었다. 그 몇 가지 사항이라는 것은 자아의 상태라든가 감정 혹은 불만이나 행복감에 해당하는 것이다. 자아의 감정, 특히 환자들의 감정과 관련해서 오래전에 언급된 내용들은 극히 드물다. 당연히 우리는 'phrénitis(광증, 사고 능력의 저하)'의 발작을 묘사한 갈레노스의 글에 흥미를 갖게 되는데, 내가 종종 인용하곤 하던 내용이다. "여름 내내 격렬한 열병에 시달린 나는, 그 시기에 침대 위에서 나부끼는 검은빛의 지푸라기 같은 물체와 내가 입고 있는 옷 위에서 펄럭이는 동일한 검은빛의 솜털 같은 물체를 보는 듯했다. 나는 그것들을 손으로 잡으려 했지만 단 한 개도 잡히지 않았으며, 그것을 잡으려고 끊임없이 동일한 동작을 반복하곤 했다. 나는 당시 그곳에 함께 있던 두 친구가 서로 주고받는 말을 들을 수 있었다. '아, 저 친구는 이미 crocydismos, carphologie(정신착란증)에 걸린 것 같군.' 나는 그 친구들이 언급한 병에 시달리고 있다는 사실과, 그런 와중에서도 내 지능은 전혀 방해를 받지 않고 있다는 사실을 마음속으로 완벽히 느낄 수 있었다. '자네들 말이 맞네. 그러니 내가 광증(phrénitis)으로 죽지 않도록 나를 도와 주게나.'"(다랑베르그 역)

다른 한편, 우리는 의학적 수사학이라고 불리는 것에 대한 논쟁이 있었다는 사실을 잘 알고 있다. 우리는 앞에서 아르키게노스를 통해 그 사실을 알아보았다.

그러므로 우리에게 여기서 아리스티데스가 언급한 내용을 분석하는 것은 매우 중요한 것이다. 《신성론》에서 그와 관련된 내용은 무척 많다. 다음과 같이 고통에 대한 묘사가 하나 있다. "해가 지고 난 뒤 얼마간의 시간이 흘렀다. 그러자 지독한 열로 인해 상상조차 할 수 없는 발작이 내게 찾아왔다. 내 몸은 사지가 찢어지는 듯이 아팠다. 나는 덜덜 떨리는 두 무릎을 머리끝까지 끌어안았다. 내 손은 원하는 대로 움직여 주지 않았으며, 목과 얼굴에 마구 부딪힐 정도였다. 내 심장은 마치 밖으로 튀어나올 듯했고, 등짝은 어떤 힘에 의해서 바람에 부풀어오른 돛처럼 뒤로 한껏 밀려 있는 듯이 느껴졌다. 몸의 어느 한구석도 성한 곳이 없었으며, 심지어는 음부조차 그 고통을 면하지 못했지만 내 자신에게 극적 변화를 가져오게 했다. 그 아픔이 내게 초래하는 고초는 말로 이루 표현할 수 없는 것이었으며, 나로 하여금 고통의 신음을 발하게 했으며, 한마디 말조차 발설하지 못하게 했다(그는 신음조차 할 수 없을 정도이며, 한마디 말도 정확하게 발설할 수 없었다는 의미이다)." 아리스티데스는 빈번히 **말로 형용할 수 없는** 고통의 성격을 강조하곤 했다. 그는 간혹 자신의 병에 대해 객관적인 의식을 갖고 있었다고 언급하기도 했다. "이미 내가 얼마 후면 죽게 될 것이라는 소문이 파다하게 퍼졌다……. 그런데 사람들은 '적어도 그의 의식만은 명확했다'라는 호메로스의 표현을 빌려 덧붙여 말할 수도 있지 않았던가. 나는 내 몸의 상태와는 전혀 달리 의식만은 명확히 유지할 수 있었기 때문에 내 자신을 목격했으며, 내가 최후의 순간에 이르게 될 때마다 매번 내 몸에 남아 있는 정기를 느끼곤 했다." 우리가 예전에 인용했던 갈레노스의 개인적인 비밀을 이용해서 위에 언급된 내용을 분석할 수 있다.

"나는 내 자신을 목격했다." 고대 그리스어 표현은 매우 흥미롭다. 그리스어의 동사는 '가까이서 좇다, 동반하다'라는 것을 의미한다. "나는 내 자신을 동반했다"라는 의미이다. 갈레노스 또한 '자의식'을 표현할 목적으로 이와 같은 은유를 사용했다. 플로티노스 또한 동일한 은유를 사용하곤 했다.(《엔네아데스》 II, 9, 1, 43)

가장 흥미로운 순간은 사람들이 **은총**과 행복의 충만감에 대해 언급했던 상황을 아리스티데스가 참작하고자 했던 때이다. 여기서 학자들의 분석은 한 가지 주제의 반복을 강조하는 빈약한 해설에 불과하다. 아리스티데스가 말로 형용할 수 없는 것을 표현하고자 할 때 그에게 문제가 되는 요소들을 전혀 파악하지 못하고 있다는 것은 명백한 사실이다. 반복되는 주제를 찾고자 하는 대신에 사용된 언어에 주목했어야 했다. "물론 그 목욕 치료법 이후의 경쾌하고 상쾌한 느낌, 그 두 느낌을 맛보게 하는 것은 의학의 신에게는 가능한 일이다. 그러나 그 느낌을 생각하거나 언어로 표현하는 것은 매우 어려운 것이다." 나는 만족의 상태에 대한 묘사에 관심을 두었다. "나는 그 집의 울타리까지 나아가서 다소 머뭇거리다가 거기에 만들어져 있는 물체를 슬쩍 쳐다보고 난 뒤 한 모금도 마시지 않고 되돌아갔는데, 그 무엇에도 비교할 수 없는 몸 상태와 신비로운 열기를 만끽했다……." 만일 아리스티데스가 의학의 신에 관련해서 서술한 내용을 고려한다면 synkrisis라는 말이 일반적으로 조직과 혼합체로서 몸을 의미한다는 사실은 매우 놀랄 만한 것이다. "그가 현재의 우리와 같은 인간을 만들 목적하에서 조직하고 결합한 것은 신체 일부가 아니라 신체 전부인 것이며, 그것은 프로메테우스가 인간을 창조하였다고 말하는 바와 같은 것이다." 여기서 인체를 조직하고 **하나의 단일체로서** 존재하도록 만든 것은 바로 의학의 신 아스클레피오스인 것이다.

그런 사실은 도취에 대해 설명을 해야 할 필요성까지 요구되는 것이다. 예를 들면 "예전에 나는 의학의 신과 나와의 합체와 내게 일어난 일과 관련된 말을 들은 적이 있었다. 의학의 신은 내 영혼이 정상적인 상태로부터 벗어난 뒤 그 초현실적인 상태하에서 신과 합체가 될 것이며, 그렇게 합체된 순간부터 인간의 상태를 벗어나게 된다고 내게 말했다. 그리고 나와 신 모두에게 비정상적인 일이 발생하지 않을 것이며, 의학의 신과 합체된 사람은 자기 신체의 고유한 상태를 초월하는 것이 아닌 것이며, 특히 그 고유한 상태를 초월한 것으로 인해 신과 합체되는 것은 더욱 아닌 것이라고 말했다."

나는 '약간의 euthymie(휴지기, 광적인 상태)'라는 제목을 붙일 수 있는 다음의 글을 첨가하고자 한다. "언젠가 나는 강을 건너간 적이 있었는데, 당시는 이미 어둠이 내린 뒤였다. 그때는 달빛이 환한 밤이었으며, 신선한 미풍이 불어오고 있었다. 내 몸에서는 어느 정도 생기가 돌고 있었으며, euthymie를 동반한 정기가 내 몸에서 은근히 솟아나기 시작했고, 그 결과 그 순간의 내 몸 상태와 지난 최근의 몸 상태를 비교해 보는 가운데 내 몸에서는 확실히 뚜렷한 변화가 일고 있었다."

《신성론》은 탁월한 수사학자, 즉 완벽한 글쓰기 기술을 소유하고 부단하게 그 기술을 재검토하는 자의 문장인 것이다. 《신성론》의 장르는 당시 이미 널리 사용되는 것이라고 말할 수 있었지만, 그 당시에만 해도 언어놀이에 그칠 위험의 소지가 있었다. 왜냐하면 아엘리우스 아리스티데스에게는 그 작품이 치료법 이외에 또 다른 무언가가 있는 것이기 때문이다.

실제로 그의 저서는 당시에 새로운 소재였으며, 환자와 신의 관계를 설명했고, 그리고 저자의 의도와는 상관없이 수사학을 통해 서로 연관되어 있는 어떤 것, 질병의 성격과 특성에 관련된 어떤 것이라는 사실은 분명했다. 즉 아리스티데스의 '신경증'을 형성하는 것이다. 그 수사학자는 자신이 언급하고자 하는 어떤 사실이 인간의 능력에 속하지 않는다는 것을 끊임없이 반복한다.

예를 들면 "이제 내가 설명하고자 하는 사실은 인간의 능력으로는 상세하게 언급할 수 없는 것이다. 하지만 내가 평소에 하는 것처럼 사전 준비 없이 여러 사건 중에 일부를 선택할 수 있도록 해야 한다. 만일 누군가 의학의 신이 우리에게 전달해 준 모든 지식을 정확하게 알고자 한다면 내 꿈에 대한 기록과 보고서를 참조하는 것이 적당할 것이다. 실제로 거기에는 모든 형태의 치료법과 대화 내용과 풍부한 주제, 그리고 온갖 종류의 환상과 정황에 대한 의학의 신의 예언과 답변이 시와 산문 형식으로 실려 있으며, 상상을 초월하는 풍성한 은혜를 그 신으로부터 얻을 수 있는 모든 방법들이 소개되어 있다." 의학의 신과 자신과의 특권적인 관계를 책으로 엮을 것을 그에게 명령한 자는 의학의 신이라는 것이다. 그런데 어느 부분에서부터 언급을 해야 하는가? "그 작품에는 사건들이 너무 많고 다양하기에 자신들과 관련된 의식 이외에는 모든 것을 기억 속에 담아 둘 수 없는 상황에서 어느 부분부터 시작해야 하는가? 의학의 신은 나를 키오 도시에 보내서 내가 하제 치료법을 위해서 신에 의해 보내졌다고 선포하라고 했다. 그러므로 우리는 스무르네 도시를 떠났……."

　우리는 고대인들이 만든 시의 개념에 속하는, 고대의 용어에 의하면 영감과 기교 사이의 관계에 직면하게 된다. 즉 우리가 이해할 수 없는 어떤 것, 외부 어느곳으로부터 오는 힘에 의해 통제되고 조절되는 형식화 작업인 것이다. 그러나 아리스티데스가 사용했던 형식들, 예를 들면 그가 흔히 사용했던 아스클레피오스와 관련된 것까지 포함된 《찬가》의 형식에는 적합하지 않는 것이다. 실제로 그는 충분한 고려 없이 자신의 생명과 고통이 표현되고 신의 은총에 의해 보장된 '잡낭' 식 장르를 창조했다. 그 경우 어디에서부터 시작해야 하는가? 첫번째 하제부터인가, 마지막에 언급된 치약형 치료제인가, 혹은 마지막 처방 직전의 세정수나 물약인가? 그렇지 않으면 의학의 신이 자기 대신에 유모의 남편을 희생시켰던 상황에서 아리스티데스에게 신에 대한 감사의 마음을 유발시킨 시적 감흥의 발산으로부터 시작해야 하는가? 《신성론》에는 그 수사학자와 수사학을 단절시키는 어떤 것, 즉 그를 질병으로 몰아넣는 균열이라는 것이 존재한다. 아리스티데스는 자신의 병을 작품의 **주제**로 삼지 않았다. 그의 병은 단지 의학의 신을 표현하기 위한 계기가 될 뿐이며, 그리고 그 수사학자를 시인으로 변신하도록 만든 일종의 은총인 것이다. 번민의 빛이 역력하고 고통으로 가득 찬 그의 작품은 실제로 아리스티데스의 가장 훌륭한 저서로서 항상 우리에게 의문을 던지게 하는 것이다.

게다가 의학의 신은 위대한 고대인과 아리스티데스 사이에서 중재인 역할을 하고 있다. 그 신은 아리스티데스에게 시구와 작품을 저술하도록 충동한다. 아마도 치료상의 목적인 동시에 그의 문학가로서의 직업을 위한 것이다. "의학의 신은 내가 즉흥적으로 글을 쓰고 단어 하나하나를 암기하는 것으로 만족하지 않고, 내게 명령해서 작품의 저술 행위를 하게 했다. 그러나 나는 그로 인해 곤란한 처지에 놓이기도 했으며, 그 이유는 그 저술 행위가 초래하게 될 결과에 대해서 나 스스로 전혀 상상하지 못했으며, 그런 저술 행위가 의학의 신에게 어떤 의미가 있는지 내 스스로 확신이 서지 않았기 때문이다."

이제 나는 **역설적**인 치료법에 대한 마지막 검토를 할까 한다. 그 치료법에서는 '종교성'과 '미학' 간에 어느 정도 일치함을 발견할 수 있으며, 그 특징은 우리가 수사학자로서 감탄할 태세를 갖추고 있는 경우에서만 비로소 그 일치함을 발견할 수 있는 것이다. 바로 그 점이 우리를 곤혹스럽게 하는 것인데, 그것은 불예측성인 것이다. 그리고 우리는 롱기노스 《숭고에 대하여》를 통해서 역설적인 치료법이 정확히 숭고한 가치를 지니고 있다는 사실을 알 수 있다. "그러나 그같은 장르의 모든 작품과 관련해서 우리는 다음과 같이 언급할 수 있다. '인간에게 유용하고, 심지어 필수적이기까지 한 것은 인간의 한계 범위 내에 있긴 하지만 항상 감탄의 대상이 되는 것은 불예측성인 것이며 **역설적**인 것이다.'"

내가 보기에 아리스티데스는 사회·문화·신앙·개인의 성격, 개인의 개별 '심리' 사이에 관계 정립을 위한 중요한 실례가 된다. 자신이 처한 상황을 분석하는 아리스티데스를 보라. 그는 아스클레피오스가 치료한 유일한 환자도 아니며, 유일하게 그 신의 명령을 받은 사람도 아니라고 말할 수 있다. 아리스티데스 또한 그런 사실에 동의하며, 자신이 직접 그것을 시인하고 있다. 그러나 그의 시인은 유일한 존재라는 느낌, 나쁘게 말하자면 그 자신이 '나르시즘'이라는 것에 도취되는 것을 막지 못한다. 우리는 앞서 그의 자기 만족과 '과대망상증'에 대해서 언급한 적이 있었다. 그처럼 그는 꿈속에서 천상의 황제의 이름으로 명예롭게 되는 자신의 모습을 본다. "그같은 꿈을 꾸게 된 이유는 타인들에게는 한치도 주어지지 않은 특권을 혼자만이 만끽하기 때문이다." 그런데 스무르네 도시에 지진이 일어나는 동안 그는 그 거주민들을 안심시키려고 애썼다. "사실은 의학의 신이 내게 이 도시에 위험한 일이 일어날 것이라고 예언하지 않았습니다." 그는 매우 손쉽게 여러 사람들이 자기를 대신해서 죽게 된다는 사실을 잘 알고 있었다. 그것이 당시에 쉽게 생각했던 대리 죽음에 관한 문제이며, 안티노우스가 아드리아누스 황제를 위해 대신 죽었다는 사실을 참작해야 한다고 강조해도 우리를 이해시키기에는 충분한 것이 아니다. 그것이 어떤 것이든간에 그것은 우리에게 흥미로운 문명과 그 문명의 체험을 분리케 하는 문제이며, 단순히 "그리스인들은 신화를 사실로 믿었는가?"라는 말로 해결할 수 없는 문제이다. 우리는 여기서 신이 자신을 대신해서 다른 누군가를 희생시켰다는 사실을 철저하게 믿는 한 남자의 '자아'에 대한 그 스스로가 입증하는 증거를 갖고 있다. 어디에선가 어떤 환자들은 아직도 그같은 대리 죽음을 믿지 않음으로써 그로 인해 스스로를 영광스럽게 하지 못한다는 의미가 아니다. 그러나 렐뤼가 소크라테스적인 악마와 관련해서 언급한 것처럼 우리가 언급할 수 있는 사실은 문화와 문명은 어느 시점에서 광적으로 변한다는 것이다. Mutatis mutandis, 이 표현은 이와 동일한 문제에 관한 것이라고 말할 수 있다. 한 문명은 초기에 '진정한' 신앙과 '병리학적' 신앙 사이, '진정한' 악마와 '병리학적' 악마 사이에서 출발한다고 말할 수 있다. 이 표현은 당시의 신앙과 개인의 관계에 대해 의문을 제기하게끔 하는 훌륭한 방법인 것이다.

최종적으로 제기할 수 있는 질문은 "누가 치료하는가?" "약이란 무엇인가"라는 것이다. 혹은 심지어 "약이란 누구인가?"라는 질문이다. 매우 복잡한 의학 세계에서 수사학자 아리스티데스는 정확히 자신의 병을 문화의 병으로 간주했다. 그는 자신의 병을 당시의 문화에 결부시켰는데, 그 문화에서는 **로고스**의 역할을 정확하게 확립하는 것이 매우 어려운 작업이며, 그 문화에서 **로고스**는 매우 보잘것없는 사물에 불과할 수도 있는 치료약보다 더욱 효율적인 치료제인 것이다. 그것은 우리에게 앞으로 풀어야 할 수수께끼로 남게 된다. 우리는 고대의 질병에 대한 진단을 즉각적으로 시행할 수 없다는 생각을 염두에 두고 문헌학적이며 역사학적 고행을 감행할 준비가 된 상태에만 그 문제를 해결하는 일에 착수할 수 있을 것이다.

7

몸의 시학

그렇다면 자기 인식에 관련된 문제를 고찰하기 위해서, 반드시 부분적이고 불완전할 수밖에 없는 문화 일체를 섭렵해야만 하는가라는 의문이 제기될 수 있다.

헤로필로스학파는 지나치게 의사들 편에서의 문화를 내세웠기 때문에 자취를 감추었다라고 전해지며, 플리니우스는 헤로필로스를 일컬어 '의학의 시인'이라 칭했다.

헤로필로스는 분명 맥박을 측정하는 데 있어서, 아니 이 맥박의 중요성을 자각한 최초의 인물이었다. 사실 《히포크라테스 전집》을 살펴보더라도, 맥박의 중요성을 소홀히 다룬 것 같다. 헤로필로스는 진정으로 인체해부학의 창시자였고, 생체 해부를 직접 시행하기도 했다. 그가 신체의 몇몇 기관을 밝혀내고 명칭을 붙이는 공헌을 했다는 사실은 잘 알려져 있다. 헤로필로스는 또한 진정한 맥박의 개척자였다. '헤로필로스가 **맥박**과 **심장의 박동**을 구별했다라고 갈레노스가 밝힌 사실은 우리에게 **맥박**과 관련된 결정적인 정보를 제시해 주고 있는 것이다. 즉 인간의 출생에서 죽음까지 우리 내부에서 인지되는 동맥의 움직임이 헤로필로스가 내린 맥박의 정의라고 갈레노스는 기술하고 있다. 이렇게 해서 심장의 박동이나 뇌 또는 막의 경련 등이 맥박과 구별되는 것이다. 이제부터 우리는 **맥박**이라 불리는 동맥의 특별한 움직임의 존재에 관해서 고찰해 볼 것이다. 실제로 히포크라테스의 제자들이 동맥 안에 맥박의 존재를 감지했다 할지라도 그들은 맥박을 다소 규칙적이고 막연한 하나의 박동 정도로 인식했으며, 그들이 감지한 맥박에 대한 느낌은 맥박의 특성에서 비롯된 것이다.

헤로필로스는 **동맥에 특별한 박동이 존재한다**는 명제에 **규칙성과, 심지어 더 많은 리듬이 있다**라고 덧붙였다. 갈레노스는 헤로필로스가 맥박의 등급과 빠르기와 힘, 그리고 **리듬**을 관찰했다고 전한다. 나는 우선적으로 리듬만을 관찰하기 위해서 다른 양상들은 잠시 접어두겠다. 다랑베르그는 루퍼스의 저서 《맥박에 관한 개요》를 그리스어로 훌륭하게 번역하였기에 나는 그 책을 인용하려 한다. 다음이 그 개론서에서 헤로필로스에 관해 언급하고 있는 대목이다.

"신생아의 맥박은 팽창과 수축의 구분이 안 될 정도로 매우 희미하다. 헤로필로스는 이 맥박은 일정한 비율이 없다라고 말하며, 그 맥박을 다른 것과 유사하지 않은 맥박이라고 규정했다. 실제로 이 맥박은 다른 것과 전혀 조화를 이루지 않는다. 2:1, 1:1이나 1:2분의 1 비율도 아닌, 너무나 미소해서 마치 바늘 자리보다도 더 작은 것처럼 보인다. 헤로필로스가 이 맥박을

불규칙의 맥박이라고 불렀던 것도 바로 그 이유에서 비롯된다. 어린이가 나이를 먹고 몸이 성장할 때, 맥박수도 나이에 비례해서 증가한다. 수축에 비해서 팽창이 더 확대되는 것이다. 그런데 이 비율을 운율의 시범과 측정 수단으로 사용할 수 있을 것이다. 사실 신생아에게서 확인되는 초기의 맥박은 단음절의 한 각운의 운율을 취하고 있다. 그것은 짧은 팽창과 수축으로 구성되지만, 그래도 역시 2박자(**단단격**)가 감지된다. 신생아 시기를 지난 성장한 아이들의 맥박은 문법학자들이 **장단격**(-u)이라고 부르는 것과 유사한 3박자를 취하는데, 팽창은 2박자이고 수축은 1박자이다. 성인들의 맥박은 팽창과 수축이 규칙적이다. 이 규칙적 반복성은 두 음절의 여러 각운을 가진 가장 긴 **장장격**(- -)에 비유되고, 4박자로 구성된다. 헤로필로스는 이것을 **규칙적인 박자로 구성된** 맥박이라고 부른다. 노년층의 맥박은 3박자로 구성된다. 수축은 팽창보다 2배나 더 오래 지속된다." (u-단장격) 이와 같은 형식이 운율법이라는 사실을 우리는 잘 알고 있다. 신생아의 맥박의 경우에는 모순처럼 보일지라도 각각의 연령층은 **장·단격**을 동시에 갖는 그만의 독특한 운율을 구성하고 있다. 병리학적 오차를 측정 가능케 하는 각 연령층에 의거해서 하나의 규범이 세워지는 것이다. "규칙적인 리듬으로 뛰는 맥박은 **각각의 연령층대로** 순조로운 진행을 하고 있는 맥박이며, 그것을 **조화로운 맥박**이라 칭한다. 그와 반대로 불규칙적인 진행을 보이는 맥박을 **부조화로운 맥박**이라고 명한다."

《의학의 정의》의 저자인 위(僞)갈레노스는 맥박을 더 엄밀하게 구별짓고 있다. 그는 **조화로운** 맥박과 **전혀 규칙이 없는 부정형** 맥박을 구분하고 있는데, 다시 말해서 귀에 거슬리는 맥박 (조화로운 맥박의 반대)과 환자의 연령에 부합하는 리듬을 갖고 있지 않는 **부조화스런** 맥박, 환자가 다른 연령층의 리듬을 갖고 있는 **비리듬적인** 맥박, 마지막으로 어떤 연령이나 상황에도 부합하지 않는 리듬을 갖는 **탈리듬적인** 맥박 등으로 부정형의 맥박을 세분하고 있다.

테오크리토스의 목가

나는 테오크리토스가 저술한 **키클로페스**에 관한 **목가** 11을 상기해 보았다.

"니키아스, 뮤즈들과의 교제 이외에는 사랑을 치료할 어떤 처방이나 고약이나 가루약도 전혀 없습니다. 치료약 중에는 달콤한 것도 있지만 그것을 찾는 일이 쉽지 않습니다."

또 다른 세 개의 시, 즉 힐라스에 헌사된 목가 13과 풍자시 8과 목가 28은 의사였던 니키아스와도 관련이 있다.

니키아스에 관해서 알려진 사실이 거의 없지만 테오크리토스에 따르면 니키아스 역시 시인이었고, 그가 그리스의 도데카네스 섬에서 의학 공부를 했다는 가정이 터무니없지는 않다. 한 고대 주석이 이 점을 증명해 준다. "테오크리토스는 의사 에라시스트라토스의 학우였던 밀레토스 출신의 니키아스에게 말을 건넨다." 니키아스는 에라시스트라토스의 학우였던 것이다! 헤로필로스에 관한 언급은 없지만……

다음은 사랑에 관한 내용이다. "키클로페스 폴리페모스는 괴로워한다. 그는 갈레테아에 대한 사랑의 열병에 사로잡혀 있다. 오래전 그의 수염이 자라기 시작할 때부터, 그의 사랑은 사과나 장미 같은 선물이 아닌 (…) '오로지 광적인 흥분으로' 나타나곤 했다."(11절)

"하지만 그는 대책을 찾아냈다." 우뚝 솟은 바위 위에 앉은 그는 바다로 시선을 향한 채 노래를 부르기 시작한 것이다. 노래 형식은 좀 우스울지도 모른다. "어머니가 나를 이렇게 아가미 없이 세상에 태어나게 했으니, 이 얼마나 불행인가! 그렇지 않았으면 바다에 뛰어들어 그대와 결합했을 텐데(…). 나는 최소한 물을 헤엄칠 수 있었을 텐데……" 좀 기이하긴 하지만 호소력 있는 노래이다.

67절 이하

"나의 어머니가 나에게 괴로움을 안겨 주었으니, 나는 어머니를 원망한다.

어머니는 그대에게 나에 관한 칭찬 한마디도 해주지 않았고,

어머니가 나를 배려한다 할지라도 나는 날마다 수척해질 뿐이다.

나는 나의 머리와 두 발이 고동치고 있다고 어머니에게 말할 테다. 그러면 나처럼 어머니도 편치는 않을 것이다.

오 키클로페스여, 키클로페스, 그대의 양식은 어디로 사라져 버렸는가?"

클로드 메일리에[48]의 말을 따르면 "신경의 역할에 관한 헤로 필로스의 연구에 암시적인 것이 있다(…). 갈레테아의 환심을 살 수 있도록 도와 주지 않았던 어머니를 비난할 목적으로 키 클로페스는 머리와 다리가 **박동**하고 있다고 단언했다. 박동이 만일 **심장의 고동침**이 아니라면 매우 모호한 용어로 사용된 것 이다. 실제로 그런 유의 질병이 있다면, 키클로페스의 상태는 안심할 만한 것이 못된다. 왜냐하면 갈레노스는 그런 증상을 광기의 전조로 보았기 때문이다."

그리스어 sphyzein(맥박이 뛰다)의 의미가 모호한 점과 헤로필 로스적 사고와 미세한 관계가 있다는 점에 나는 동감하지만, 클 로드의 견해를 전적으로 따르고 싶지 않다. 나는 헤로필로스적 사고를 더 깊게 다루어야 하며, 시의 리듬성과 그 장장격에 주 의를 기울여야 한다고 생각한다. 테오크리토스가 쓴 시행의 제 5각이 장장격인 리듬 형식을 통해서 키클로페스는 제 나이에 걸맞은 리듬과 건강을 되찾았다는 점을 우리에게 시사하고 있

---

48) 〈테오크리토스의 목가에서 나타난 음악과 시의 치료의 기능〉 *BAG-B*, 1982년 6월, n° 2, p.177.

다. 다시 말해서 그는 치유되었던 것이다. 우리는 그리스어로 된 장장격이란 거대한 존재 앞에서 그 점을 수긍하게 된다.

−− −− −/− − .. − .. −.

오 키클로페스여, 키클로페스······.

"너는 또 다른, 심지어 더 아름다운 갈레테아를 만나게 될지도 모른다······."

이처럼 헤로필로스의 이론을 어떤 시인의 이론보다도 더 훌륭하게 적용시킨 다른 예가 있을까? 시의 장장격을 읊음으로써 키클로페스 폴리페모스가 치유되었다는 사실을 우리는 알 수 있는 것이다.

의학의 시인 헤로필로스라는 플리니우스의 표현을 가볍게 다루어서는 안 된다. 에르누와 페펭은 Vates medicinae를 '의학의 예언자' ······ '시인이자 의사' 로 번안했다고 뒤피네는 전하고 있다. 뒤피네는 의학과 음악의 교차점을 잘 간파했던 플리니우스를 프랑스어로 번역한 최초의 인물이다.

헤로필로스에 관한 예찬은 의술적 음악이라 불렸다는 관점에서 끊임없이 상기되고 숙고되어지고 있다. 《인체에 대한 음악의 효과에 관한 개론서》가 1803년에 출판되었다. 라틴어로 쓰여진 이 책은 몽펠리에대학 병원의 의사인 조제프 루이 로제가 프랑스어로 번역했고, 몽펠리에 · 파리 · 리옹의 의사회 회

원인 에티엔 생트 마리가 주석을 첨가했다. 몽펠리에대학에서 박사 학위를 취득했고, 리옹위생국과 리옹아카데미의 회원이기도 한 에티엔 생트 마리는 매우 박식한 의사이며, 1812년에는 **의사들-시인들**이란 논의서를 통독한 것으로 더욱 유명해졌다. 이 두 의사가 예술과 문화의 본산지인 몽펠리에대학 출신이라는 점이 무관하지는 않다. 바르테즈와 그가 세운 《미의 이론》도 그 예에 속한다.

이제 나는 '정신' 못지않게 '육체적' 질병들의 치료책으로 음악의 유용성에 관한 '의학적' 견지와 할러의 **피자극성**과 같은 시간에 관한 생리학 이론이 그 근거가 될 수 있다는 점을 다루겠으며, 특히 **정신적인 측면**[49]만을 고려하겠다. 생트 마리에 따르면 "리듬은 전 자연 속에 존재한다. 그리고 인체는 그 자연의 보편적 원리를 따르도록 되어 있다. 인체 구조의 각 기능은 이미 결정된 저마다의 리듬을 갖고 있는 것이다. 심장과 허파는 처음에 수축과 팽창으로, 두번째는 들숨과 날숨으로 두 박자를 박동한다. 그러므로 인체는 음악의 규칙에 따라 조직되었고 활동하는데, 이유는 이 예술의 원리들이 우리의 신체 기관들의 활동을 설명하는 데 이용되기 때문이다. 따라서 동물의 신체 기관을 독특한 소리와 화음과 울림과 음색을 갖고 있는 하나의 악기로 간주할 수 있을 것이다. 이런 비교는 고대인들에게서도 찾아볼 수 있는데, 음악의 신이 의술의 신처럼 숭배된 비유가 그

---

49) 《18세기 고대 음악 치료 요법의 전통》, 주네브에서 출간될 예정임.

예이다." 물론 생트 마리는 헤로필로스와 고대 전설 또한 언급하고 있다.

육체는 시의 기능을 갖고 있다. 그렇다면 인간이 시처럼 조화롭게 명상할 수 있었다는 것이 가능했을까? 이런 견해는 시에서 신비적 힘의 발산을 감지하는 일부 사람들을 힐난한다. 그러나 고대 그리스 사람들은 리듬, 즉 그리스어에서 유래한 신조어로 표현한다면 **메타리듬화**를 꿈꾸었다.

극히 단편적인 내용들만 현존하는 데모크리토스의 작품을 살펴보면 "교육은 인간에게 리듬(metarysmoî)을 습득케 하고, 자연의 질서로 된 리듬(metarysmoûsa)을 습득하면서……"(디엘스-크란즈 B, 33)라는 문구로 데모크리토스는 자연과 교육의 관계를 설명했다. 이 리듬은 벤베니스트[50]가 잘 보여준 반복적이고 다소 일정한 간격으로 흐르는 현대적 의미의 리듬과는 거리가 있다. 하지만 내 생각으로는 리듬의 **형상**을 갖추고 있다는 사실에 만족하는 것이 좋을 듯하며, 그것은 자연을 뚜렷한 형상으로 나타내는 것으로 변화와 형상화를 의미한다. 아리스토텔레스도 이런 의미에서 **로고스**를 사용해 자연의 일정한 형상화를 가리키기도 했다.

우리 내부에는 자연의 형상이 이미 존재한다는 것이 헤로필로스의 주장이다. 그 형상은 규칙적으로 박동하는 우리 내부의

---

50) E. 벤베니스트, 《일반언어학의 문제》: 《언어 표현 속의 '리듬'의 개념》, 파리, 갈리마르, 1966, 327-335.

리듬과 동일하다. 그리고 헤로필로스적 관점에서는, 리듬이 의미 있고 인지 가능한 간격의 영속성을 흐름이나 유동성과 연결시키고 있다. 우리 내부에 질서가 있는 것은 우리의 본성 안에 문화적인 요소가 있다는 것을 의미한다. 다시 말해서 음악과 시를 받아들일 수 있는 우리는 조화로운 생명체라는 것이며, 그 이유는 우리 자신이 이미 음악과 시의 요소를 갖고 있기 때문이다.

참으로 매우 정교하고 **기교적이고** 명료한 가정이 아닐 수 없다! 우리 내부의 적신호인 단장격을 경계하며 장장격 리듬을 듣도록 하자. 왜냐하면 인생은 리듬에 발맞추어 죽음을 향해 가는 것이기 때문이다.

결 론

"그러므로 만상들, 만상의 동체의 겉표피로부터 외형과 초상들이 희미하게 나타나고, 그것들은 동체를 닮은 모양과 형태를 간직하고 있는 점막 혹은 껍질이라고 칭해져야 한다"라고 루크레티우스는 기술하고 있다.(IV, 46)

나는 나르시스를 묘사하고 있는 폼페이의 프레스코화를 담은 한 장의 사진을 들여다보고 있다. 나르시스는 그 시대 회화의 테마였다. 이 나르시스를 묘사한 작품을 바라볼 때마다 그 화가는 어떤 거울 이론을 적용했을까라고 나는 너무도 평범한 질문을 던지곤 한다. 그 화가가 반드시 박식하거나 철학자가 아니었더라도 아무튼 그가 누구였든지간에, 그림을 그릴 때 어떤 생각을 품긴 했을 것이다. 나의 동료, 필리프 외제는 고대 그리스 화가들이 학식이 깊었다는 사실을 잘 보여주었다.[51]

나는 에피쿠로스학파인 화가를 한번 떠올려 보았다. 이 추측

---

51) 《폼페이, 회화의 행복》, 파리, 드 보카르, 1990.

은 가능한 것이다. 즉 루크레티우스를 탐독하며, 에피쿠로스 학자이면서 화가였던 그를 **검토해 볼 목적으로** 잠시 동안 사유해 보자. 그는 우리를 구성하고 있는 원자들인 얇은 막으로 된 물질들이 끊임없이 물체의 형태를 유지하고 있는 유사체들에게서 떨어져 나가는 것을 전제해야만 했다. "에피쿠로스에 의하면 짐승이 허물을 벗듯이 상들이 유동하며 우리에게서 떨어져 나간다"라고 아풀레이우스는 말했다. 이 유사체들은 그렇지만 어느 정도의 두께를 간직하고 있다. 이 주장을 근거로 해서 거울에 비친 상을 숙고해 보는 것이 결코 쉽지는 않다.

"거울에 비친 우리 신체의 오른쪽 부분이 만일 왼쪽 편에 비쳐 보인다면, 그것은 상이 거울의 평면에 닿아 부딪힐 때 뒤집혀져서 처음과 동일한 상태로 우리에게 반사되지 않고, 오히려 다시 퉁겨 나올 때 상이 돌아간 상태로 반사되기 때문이다. 그것은 채 마르진 않은 석고 가면을 기둥 혹은 대들보를 향해 던졌을 때와 마찬가지이다. 그 석고 가면이 깨지지 않고 형태(figura)를 유지하고 있다면 말이다……."(IV, 292 이하)

이런 상태는 충돌과 퉁겨 나오기와 뒤집기의 관계에서 이해해야 한다. 나는 루크레티우스가 묘사한 거울을 들여다볼 때마다 나의 상이 거북함을 느낀다. 가면이란 유사물(analogon)(인물(persona), 이 단어는 중요하다)은 완벽하다. 가면이란 유사물은 유사체에 질료를 부여한다(본래 투명한 기본 육체에 실재성을 부여해야 할 때는 루크레티우스의 유추 방법이 확실하다). 게다가 가면은 동시에 **형상**이기도 하다. 그것은 배우의 가면이고, 비극적·희극적이기도 하지만 가면을 쓴 배우의 얼굴과는 상관이 없는 것이다. 혹은 고인의 가면, 상(image)일 수도 있지만, 그 가면은 밀랍으로 되어 있다. 우리에게는 예술, 그리고 본떠 만든 조형물의 쟁점에 관한 관례가 남아 있다. 대플리니우스가 우리에게 전하는 바에 의하면(35, 153) 청동 조각가 리시포스가 처음으로 얼굴 석고상을 실현했고, '실물과 유사한' 상을 만드는 시도를 했다. 리시포스 이전의 조각가들은 가능한 가장 아름다운 상을 만드는 것에만 관심을 기울였다…….

만일 가면이 한 인물에게서 본떠진다고 생각해 본다면, 가설은 정말 더욱 풍부해진다. 뒤집기와 상의 총체('있는 그대로' '처음의 상태로'의 뜻을 가진 incolumis는 '일그러짐 없이' '파괴되지 않고'로 이해된다)를 동시에 설명해야만 한다. 우리는 필연적으로 좌우가 뒤바뀐 자신의 모습을 보게 되고, 본래의 외관 그대로 자신을 보는 것은 불가능하게 된다. 당신은 타인이 당신을 보는 것처럼 당신 자신을 보게 되는 것이다.

"우리는 거울 속에서 자신을 향해 있는 자기 자신의 상을 본다……. 가면을 벗은 배우는 자기를 본뜬 외형을 본다. 다시 말하면 가면의 정면이 아닌 안쪽의 움푹 들어간 부분을 보는 것이다……"라고 마크로비우스는 기술했다.[52]

바로 이 점이다. 우리는 가면처럼 움푹 들어가 있는 부분의 자신을 보진 않는다. 우리는 자기 존재의 흔적을 보는 것은 아

---

52) 《사투르누스 축제》 VII, 14, 7.

니다. 에피쿠로스 학자들이 명명한 antipéristrophe는 좌우가 뒤바뀌어 반사되는 것이다. 가면을 벗어 버리는 것은 불가능하다. **에이돌론** 뒤에는 또 다른 **에이돌론**이 뒤따르고, 동일한 것 뒤에는 또 동일한 것이 뒤따르는 것이다. 흥미로운 것은 가면으로부터의 **상**(imago)의 분리, **인물**(persona)의 분리이다. 가면 뒤에는 아무것도 없다는 위험을 무릅쓰고라도 말이다. 그것은 불가능하지만 늘 꿈꾸어 온 분리이기도 하다. 겉으로 드러나 있는 자가 왜 나인가? 나는 **존재, 아니무스, 영혼들 가운데의** 한 **영혼**에 대한 가설을 진행시키지 않을 수 없다. 그 영혼은 심연 속에 자리잡고 있으며, 내가 그 유령들을 단순하게 피해 갈 수 없다는 사실을 일시적으로 일깨워 준다. 나는 여기서 에피쿠로스 **콤플렉스**를 감히 제안해 보고자 한다.

"단언하건대, 만일 인간이 하나로 이루어져 있었다면 그는 결코 고통을 겪지 않았을 것이다"라는 히포크라테스의 말을 상기해 보자. 히포크라테스는 인간의 운명을 말하고 있는 것이다.

나는 영혼의 체계를 세워 보았고, 그것은 이 저서를 이루고 있는 내부와 외부라는 이원성에 어느 정도 근거를 두고 있다. 구성된 이원성은 각각 육체와 영혼의 이원성이 아니다. 우리는 한 **공동 장소**에 거하고 있다. 경계를 짓고 각각에 속하는 요소들의 리스트를 작성하기란 쉽지 않다. 내가 말하는 육체는 해부학에서의 육체와 완전히 일치하지 않는다. 해부학에서의 육체와는 차이가 있다라고까지 말할 수 있고, 특히 회화의 에로

티시즘에서 비중을 차지하는 윤곽의 변위처럼 어느 정도 차이를 보인다.

나의 육체는 나에게 속해 있지만 다른 이들의 육체는 어떨까? 또 육체 **그 자체**는 어떠한가? 육체의 객관화에 관한 역사, 해부학의 발전은 어떤 양상을 보이는가? 해부도가 나에게 제시해 보이는 것이 바로 나의 육체일까? 그것이 나의 육체일 수도 있고 아닐 수도 있지만 그 추상력을 알진 못한다.

알다시피 이 저서는 하나의 **개론서**이고 **시학** 수필이다. 육체사를 다룰 때 어려움 중의 하나는 이원성의 문제에 계속적으로 직면한다는 점이다. 육체사는 어떤 방법론으로 접근하든지 이중적이라고 말할 수 있을 것이다. 육체사에는 연구해야 할 부분이 남아 있고, 내/외의 이원성으로 접근해야 한다. 달리 말하면, 나르시스와 우울증 환자 이 두 면을 동시에 파악해야 한다는 것이다. 나르시스는 스스로 자살을 하거나 자신을 죽음에 방치해 두는데, 그 이유는 나르시스가 외모의 아름다움에 모든 희망을 걸어서라기보다는 오히려 그의 내/외가 일치하지 않기 때문이다. 우울증 환자는 설령 자신을 바라볼 수는 있을지라도 자기 자신을 알아보는 데까지는 이르지 못한다.

오비디우스에게 있어서 심오했던 점, 그리고 필로스트라토스처럼 다른 이들에게서도 마찬가지로 심오했던 점은 단순한 거울이 아니라 예술을 통해서 본 거울의 중첩이라는 점이다. 우리가 얻은 교훈은 그렇다면 예술, 형태, 떨리는 윤곽선, 환상, **그래픽**, 데생, 회화를 통해서 접근해야만 한다는 점인가? 예술을 통해서만 자기 자신을 아는 게 가능하단 말인가? 물론 그것이 필수 조건은 아니지만 하나의 방도는 될 수 있을 것이다.

자기 인식의 한 양태, 즉 자기 인식의 시적 양상이 관건일 것이다. 영혼이나 영혼의 매개를 제외하는 것은 용이하지 않다. 그것은 종종 죽음만이 유일한 탈출구인 분리의 고통을 강요하는 것이다. 하지만 그 단일성으로의 피신은 단연코 치명적인 환상일 뿐이다. 해결점을 찾아야 한다. 그것은 시적 행위 혹은 죽음 이전, 은유 이전의 시간과 관계된다. 사건이 시발점이었든지, 혹은 의외의 사건이 발생했든지 사포나 고대 그리스 수사학자 아리스티데스의 작품에서처럼 담화를 중단시킨다. 나는 이론화하거나 궤변을 늘어놓고 싶지 않다. 만일 예술 그 자체에서 사건이 표면화될 때 그것을 명백하게 드러내지 않는다면 그 사건은 호기심을 불러일으키지 못할 것이다. 이러한 사실로 인해 실례를 통한 접근과 긴 분석의 필요성이 성립되는 것이다. 물론 또 다른 실례들을 제공할 수도 있을 것이다. 하지만 내가 권하는 것 모두 다른 것을 추구하는 독자들에게 절대 요구되어지는 것은 아니다. 그것이 어쩌면 더 바람직하다. 하여간 **육체를 발굴해 내는** 것은 작품(장인 정신을 가장 잘 내포하고 있는 작품의 선택) **자료**를 찾아내는 것과 상통한다.

나는 《티마이오스》에서 신의 발자취를 따라갔던 것처럼 오비디우스의 저서에서 천천히 나르시스를 추적해 갔다. 그것은 천지 창조 이전의 시간과 관계된 것이었다. 이제는 천지 창조보다는 축소된, 자아 형성 이전의 시간에 대해 말해 보자. 그것은 우리 각자에게 가능성이 주어진 시적 행위에 관한 것이고, 우리로 하여금 하나를 둘로 나누고, 이 이원성을 하나로 단일화시키는 기본적인 산술을 하게 만든다. 이와 같은 문제는 우울증 환자와 마찬가지로 나르시스에게서도 보여진다. 이 문제는 죽음에까지도 이르게 할 수 있는 고통을 수반한다. 게다가 영혼이 빠져나간 우리의 몸뚱이는 우리 각자의 운명적인 시와도 같은 것인데, 모든 이들이 외치고 싶어하는 것이 절대 은유의 형태로 뜻밖에도 실현이 되어지는 것이다.

신들의 용서를 받고 싶다. 나는 나에게 주어진 시간을 어디에 할애한 것인가? 부질없이 객담을 늘어놓은 것일까? 현학적인 저서를 집필한 것일까?

종종 오후 다섯 시는 **망상**의 시간이다. 바로 이때 환자들은 고열에 시달리기 시작한다. 이때는 또한 걷잡을 수 없는 상상력의 순간이고, 창의적인 충격을 받는 시간이거나 혹은 자신을 있는 그대로 생각해 보는 시간이기도 하다. 심연에 도달하게 되면 날은 저물고 시간은 돌이킬 수 없게 되어, "나에게 남아 있는 것은 무엇이지"라는 약간의 희망적인 의문을 갖게 된다. 존경하는 토머스 브라운의 말을 빌리면 "그것은 우울증이 인간에게 던질 수 있는 가장 무거운 돌이며, 우울증은 그가 본성을 잃을 지경에 처해 있다고 말하거나 혹은 인간의 존재가 향상될 수 있고 공허롭지 않은 미래 지향적 상태는 결코 존재하지 않는다

---

53) 토머스 브라운 경의 《유골함》, D. 오리 번역, p.100.

고 말한다……."[53]

나는 종결을 맺기보다는 막을 열고 싶다.

자키 피죠의 저서들

《영혼의 병》, 고대 의학/철학적 전통에서의 육체와 영혼 관계에 대한 연구. 박사 학위 논문으로 1981년 파리 벨 레트르에서 출간. 1982년 비명문학 아카데미의 생투르상을 수상. 1989년 재판.

《고대 그리스 로마 시대의 광기와 의사들의 광기 치료》, 1987년, 파리, 벨 레트르, 고대 문헌 연구 총서.

《예술과 생존자》, NRF, 1995년, 파리, 갈리마르, 에세이 총서.

아리스토텔레스의 《우울증 환자와 천재》를 번역 · 소개, 주석을 씀. 1988년, 파리, 리바주.

롱기노스의 《숭고에 대하여》를 번역 · 소개, 서평을 씀. 1991년, 파리, 리바주.

《체온에 내맡긴 영혼의 습성》에 뒤이어 갈레노스의 《영혼과 그 방황의 열정에 관한 개론》에 서문을 씀. 1993년 G.R.E.C.의 배포, 클리시.

《환영의 진실》의 번역 · 소개. 아리스토텔레스의 《수면 속의 예견》의 주석을 씀. 1995년, 파리, 리바주.

키케로의 《선과 악》, 《최고선에 관하여 Ⅲ》의 서문과 주석을 씀. 두 나라 말로 된 고전 문고. 1997년, 파리, 벨 레트르.

베르길리우스의 《농경시》의 서문과 주석과 후문을 씀. 두 나라 말로 된 고전 문고. 1998년 파리, 벨 레트르.

에우리피데스의 《바쿠스 신의 여제관들》의 서문과 주석을 씀. 두 나라 말로 된 고전 문고. 1998년 파리, 벨 레트르.

색 인

193

김선미
경기대학교 불어불문학과 졸업
프랑스 Aix-Marseille I대학 언어학 박사
현재 경기대학교 유럽어문학부 대우교수로 재직
저서: 《프로방스 문화예술산책》(공저, 성균관대 출판부, 2001)
《DELF A1》(만남, 2003) 《DELF A2》(만남, 2003)
《언어와 언어학 이론》(한국문화사, 2003)
《거리에서 배우는 프랑스어》(공저, 김영사, 2005)
역서: 《토끼와 나》(물구나무, 2003)
논문: 〈프랑스어와 한국어에서의 명사구〉 외 다수

현대신서
157

몸의 시학

초판발행 : 2005년 2월 20일

東文選

제10-64호, 78. 12. 16 등록
110-300 서울 종로구 관훈동 74
전화 : 737-2795

편집설계 : 劉泫兒 李婭旻 李惠允

ISBN 89-8038-456-4 04860
ISBN 89-8038-050-X(세트 : 현대신서)

【東文選 現代新書】

1 21세기를 위한 새로운 엘리트	FORESEEN 연구소 / 김경현	7,000원
2 의지, 의무, 자유 — 주제별 논술	L. 밀러 / 이대희	6,000원
3 사유의 패배	A. 핑켈크로트 / 주태환	7,000원
4 문학이론	J. 컬러 / 이은경 · 임옥희	7,000원
5 불교란 무엇인가	D. 키언 / 고길환	6,000원
6 유대교란 무엇인가	N. 솔로몬 / 최창모	6,000원
7 20세기 프랑스철학	E. 매슈스 / 김종갑	8,000원
8 강의에 대한 강의	P. 부르디외 / 현택수	6,000원
9 텔레비전에 대하여	P. 부르디외 / 현택수	7,000원
10 고고학이란 무엇인가	P. 반 / 박범수	8,000원
11 우리는 무엇을 아는가	T. 나겔 / 오영미	5,000원
12 에쁘롱 — 니체의 문체들	J. 데리다 / 김다은	7,000원
13 히스테리 사례분석	S. 프로이트 / 태혜숙	7,000원
14 사랑의 지혜	A. 핑켈크로트 / 권유현	6,000원
15 일반미학	R. 카이유와 / 이경자	6,000원
16 본다는 것의 의미	J. 버거 / 박범수	10,000원
17 일본영화사	M. 테시에 / 최은미	7,000원
18 청소년을 위한 철학교실	A. 자카르 / 장혜영	7,000원
19 미술사학 입문	M. 포인턴 / 박범수	8,000원
20 클래식	M. 비어드 · J. 헨더슨 / 박범수	6,000원
21 정치란 무엇인가	K. 미노그 / 이정철	6,000원
22 이미지의 폭력	O. 몽젱 / 이은민	8,000원
23 청소년을 위한 경제학교실	J. C. 드루엥 / 조은미	6,000원
24 순진함의 유혹 〔메디시스賞 수상작〕 P. 브뤼크네르 / 김웅권		9,000원
25 청소년을 위한 이야기 경제학	A. 푸르상 / 이은민	8,000원
26 부르디외 사회학 입문	P. 보네위츠 / 문경자	7,000원
27 돈은 하늘에서 떨어지지 않는다	K. 아른트 / 유영미	6,000원
28 상상력의 세계사	R. 보이아 / 김웅권	9,000원
29 지식을 교환하는 새로운 기술	A. 벵토릴라 外 / 김혜경	6,000원
30 니체 읽기	R. 비어즈워스 / 김웅권	6,000원
31 노동, 교환, 기술 — 주제별 논술	B. 데코사 / 신은영	6,000원
32 미국만들기	R. 로티 / 임옥희	10,000원
33 연극의 이해	A. 쿠프리 / 장혜영	8,000원
34 라틴문학의 이해	J. 가야르 / 김교신	8,000원
35 여성적 가치의 선택	FORESEEN연구소 / 문신원	7,000원
36 동양과 서양 사이	L. 이리가라이 / 이은민	7,000원
37 영화와 문학	R. 리처드슨 / 이형식	8,000원
38 분류하기의 유혹 — 생각하기와 조직하기 G. 비뇨 / 임기대		7,000원
39 사실주의 문학의 이해	G. 라루 / 조성애	8,000원
40 윤리학 — 악에 대한 의식에 관하여 A. 바디우 / 이종영		7,000원
41 흙과 재 〔소설〕	A. 라히미 / 김주경	6,000원

■ 미래를 원한다	J. D. 로스네 / 문 선·김덕희	8,500원
■ 사랑의 존재	한용운	3,000원
■ 산이 높으면 마땅히 우러러볼 일이다	유 향 / 임동석	5,000원
■ 서기 1000년과 서기 2000년 그 두려움의 흔적들	J. 뒤비 / 양영란	8,000원
■ 서비스는 유행을 타지 않는다	B. 바게트 / 정소영	5,000원
■ 선종이야기	홍 희 편저	8,000원
■ 섬으로 흐르는 역사	김영회	10,000원
■ 세계사상	창간호~3호: 각권 10,000원 / 4호: 14,000원	
■ 십이속상도안집	편집부	8,000원
■ 얀 이야기 ① 얀과 카와카마스	마치다 준 / 김은진·한인숙	8,000원
■ 어린이 수묵화의 첫걸음(전6권)	趙 陽 / 편집부	각권 5,000원
■ 오늘 다 못다한 말은	이외수 편	7,000원
■ 오블라디 오블라다, 인생은 브래지어 위를 흐른다	무라카미 하루키 / 김난주	7,000원
■ 이젠 다시 유혹하지 않으련다	P. 쌍소 / 서민원	9,000원
■ 인생은 앞유리를 통해서 보라	B. 바게트 / 박해순	5,000원
■ 자기를 다스리는 지혜	한인숙 편저	10,000원
■ 천연기념물이 된 바보	최병식	7,800원
■ 原本 武藝圖譜通志	正祖 命撰	60,000원
■ 테오의 여행 (전5권)	C. 클레망 / 양영란	각권 6,000원
■ 한글 설원 (상·중·하)	임동석 옮김	각권 7,000원
■ 한글 안자춘추	임동석 옮김	8,000원
■ 한글 수신기 (상·하)	임동석 옮김	각권 8,000원

【이외수 작품집】

■ 겨울나기	창작소설	7,000원
■ 그대에게 던지는 사랑의 그물	에세이	8,000원
■ 그리움도 화석이 된다	시화집	6,000원
■ 꿈꾸는 식물	장편소설	7,000원
■ 내 잠 속에 비 내리는데	에세이	7,000원
■ 들 개	장편소설	7,000원
■ 말더듬이의 겨울수첩	에스프리모음집	7,000원
■ 벽오금학도	장편소설	7,000원
■ 장수하늘소	창작소설	7,000원
■ 칼	장편소설	7,000원
■ 풀꽃 술잔 나비	서정시집	6,000원
■ 황금비늘 (1·2)	장편소설	각권 7,000원

【조병화 작품집】

■ 공존의 이유	제11시점	5,000원
■ 그리운 사람이 있다는 것은	제45시집	5,000원
■ 길	애송시모음집	10,000원
■ 개구리의 명상	제40시집	3,000원

■ 그리움	애송시화집	7,000원
■ 꿈	고희기념자선시집	10,000원
■ 따뜻한 슬픔	제49시집	5,000원
■ 버리고 싶은 유산	제 1시집	3,000원
■ 사랑의 노숙	애송시집	4,000원
■ 사랑의 여백	애송시화집	5,000원
■ 사랑이 가기 전에	제 5시집	4,000원
■ 남은 세월의 이삭	제 52시집	6,000원
■ 시와 그림	애장본시화집	30,000원
■ 아내의 방	제44시집	4,000원
■ 잠 잃은 밤에	제39시집	3,400원
■ 패각의 침실	제 3시집	3,000원
■ 하루만의 위안	제 2시집	3,000원

【만 화】

■ 동물학	C. 세르	14,000원
■ 블랙 유머와 흰 가운의 의료인들	C. 세르	14,000원
■ 비스 콩프리	C. 세르	14,000원
■ 세르(평전)	Y. 프레미옹 / 서민원	16,000원
■ 자가 수리공	C. 세르	14,000원
▨ 못말리는 제임스	M. 톤라 / 이영주	12,000원
▨ 레드와 로버	B. 바세트 / 이영주	12,000원

【동문선 주네스】

■ 고독하지 않은 홀로되기	P. 들레름·M. 들레름 / 박정오	8,000원
■ 이젠 나도 느껴요!	이사벨 주니오 그림	14,000원
■ 이젠 나도 알아요!	도로테 드 몽프리드 그림	16,000원

東文選 現代新書 3

사유의 패배

알랭 핑켈크로트
주태환 옮김

문화 속에서 우리는 거북스러움을 느낀다. 왜냐하면 문화란, 사유(思惟)하면서 살아가는 일이기 때문이다. 그리고 오늘날 사유가 아무런 역할도 하지 못하는 제반행위를 흔히 문화적인 것으로 규정해 버리는 조류가 확인되고 있다. 정신의 위대한 창조에 필수적인 동작들, 이 모두가 이렇게 문화적인 것으로 잘못 여겨지고 있다. 무슨 이유로 소비와 광고, 혹은 역사 속에 뿌리박은 모든 자동성이 가져다 주는 달콤함을 탐닉하기보다는 참된 문화를 선택해야 하는 것일까?

87,88년 프랑스 최고의 베스트셀러로서 프랑스 지성계에 커다란 파문을 일으킨 본서는, 오늘날 프랑스 대중들에게 가장 영향력 있는 철학자 중의 한 사람인 핑켈크로트의 대표작이다. 그는 현재 많은 저작과 방송매체를 통해 사회문제에 관해 적극적인 발언을 펼치고 있다.

그는 오늘날의 거대한 야망이 문화를 손아귀에 움켜쥐고 있다고 결론짓고, 문화라는 거창한 이름 아래 소아병적 증상과 더불어 비관용적 분위기가 확대되어 왔으며, 이제는 기술시대가 낳은 레저산업이 인간 정신이 이루어 놓은 문화적 유산을 싸구려 유희거리로 전락시키고 있으며, 그리하여 정신이 주도하던 인간 삶은 마침내 집단의 배타적 가치에 광분하는 인간과 흐느적거리는 무골인간, 이둘 사이의 무시무시하고도 우스꽝스런 만남에 자기 자리를 내주고 있다고 통박하고 있다.

그는 본서를 통해 정신적 의미가 구체적 역사 속에서 부상하고 함몰하는 과정을 그려내면서, 우리가 어떻게 해서 여기에까지 도달하게 되었는지를 일관된 논리로 비판하고 있다.

텔레비전에 대하여

피에르 부르디외

현택수 옮김

　텔레비전으로 방송된 이 두 개의 콜레주 드 프랑스에서의 강의는 명쾌하고 종합적인 형태로 텔레비전 분석을 소개하고 있다. 첫번째 강의는 텔레비전이라는 작은 화면에 가해지는 보이지 않는 검열의 메커니즘을 보여 주고, 텔레비전의 영상과 담론의 인위적 구조를 만드는 비밀들을 보여 주고 있다. 두번째 강의는 저널리즘계의 영상과 담론을 지배하고 있는 텔레비전이 어떻게 서로 다른 영역인 예술·문학·철학·정치·과학의 기능을 깊게 변화시키는지를 설명하고 있다. 이러한 현상은 시청률의 논리를 도입하여 상업성과 대중 선동적 여론의 요구에 복종한 결과이다.

　이 책은 프랑스에서 출판되자마자 논쟁거리가 되면서, 1년도 채 안 되어 10만 부 이상 팔려 나가 베스트셀러 리스트에 오르고, 세계 각국에서 번역되어 읽혀지고 있는 피에르 부르디외의 최근 대표작 중 하나이다. 인문사회과학 서적으로서 보기 드문 이같은 성공은, 프랑스 및 세계 주요국의 지적 풍토를 말해 주고 있다. 이처럼 이 책이 독자 대중의 폭발적인 반응과 기자 및 지식인들의 지속적인 반향을 불러일으키는 이유는, 세계적으로 잘 알려진 그의 학자적·사회적 명성 때문이기도 하지만 무엇보다도 언론계 기자·지식인·교양 대중들 모두가 관심을 가질 만한 논쟁적인 내용을 담고 있기 때문이다.

東文選 現代新書 14

사랑의 지혜

알랭 핑켈크로트
권유현 옮김

수많은 말들 중에서 주는 행위와 받는 행위, 자비와 탐욕, 자선과 소유욕을 동시에 의미하는 낱말이 하나 있다. 사랑이라는 말이다. 그러나 누가 아직도 무사무욕을 믿고 있는가? 누가 무상의 행위를 진짜로 존재한다고 생각하는가? '근대'의 동이 터오면서부터 도덕을 논하는 모든 계파들은 어느것을 막론하고 무상은 탐욕에서, 또 숭고한 행위는 획득하고 싶은 욕망에서 유래한다는 설명을 하고 있다.

이 책에서 묘사하는 사랑의 이야기는 타자와 나 사이의 불공평에서 출발한다. 즉 사랑이란 타자가 언제나 나보다 우위에 놓이는 것이며, 끊임없이 나에게서 도망가는 타자로부터 나는 도망가지 못하는 것이다. 그리고 사랑의 지혜란 이 알 수 없고 환원되지 않는 타자의 얼굴에 다가가기 위해 애쓰는 것이다. 저자는 이 책에서 남녀간의 사랑의 감정에서 출발하여 타자의 존재론적인 문제로, 이어서 근대사의 비극으로 그의 철학적 성찰을 이끌어 가기 때문이다. 그러나 우리가 이웃에 대한 사랑을 이상적인 영역으로 내쫓는다고 해서, 현실을 더 잘 생각한다는 법은 없다. 오히려 우리는 타인과의 원초적 관계를 이해하기 위해서, 또 그것에서 출발하여 사랑의 감정뿐 아니라 다른 사람에 대한 미움의 감정까지도 이해하기 위해서, 유행에 뒤진 이 개념, 소유의 이야기와는 또 다른 이야기를 필요로 할 수 있다.

알랭 핑켈크로트는 엠마뉴엘 레비나스의 작품에 영향을 받아서 근대가 겪은 엄청난 집단 체험과 각 개인이 살아가면서 맺는 '타자'와의 관계에 대해서 계속해서 질문을 던진다. 이것은 철학임에 틀림없다. 그렇기는 하지만 구체적인 인물에 의해 이야기로 꾸민 철학이다. 이 책은 인간에 대한 인식의 수단으로 플로베르·제임스, 특히 프루스트를 다루며, 이들의 현존하는 문학작품에 의해 철학을 이야기로 꾸며 나간다.

東文選 現代新書 44,45

쾌락의 횡포

장 클로드 기유보

김웅권 옮김

　섹스는 생과 사의 중심에 놓인 최대의 화두 가운데 하나라고 할 수 있다. 성에 관한 엄청난 소란이 오늘날 민주적인 근대성이 침투한 곳이라면 아주 작은 구석까지 식민지처럼 지배하고 있는 것이다. 이제 성은 일상 생활을 '따라다니는 소음'이 되어 버렸다. 우리 시대는 문자 그대로 '그것' 밖에 이야기하지 않는다.

　문화가 발전하고 교육의 학습 과정이 길어지면 길어질수록 결혼 연령은 늦추어지고 자연 발생적 생식 능력과 성욕은 억제하도록 요구받게 되었지 않은가! 역사의 전진은 발정기로부터 해방된 인간을 금기와 상징 체계로부터의 해방으로, 다시 말해 '성의 해방'으로 이동시키며 오히려 반문화적 현상을 드러내고 있다. 저자는 이것이 서양에서 오늘날 일어나고 있는 현상이라고 말한다. 서양에서 60년대말에 폭발한 학생 혁명과 더불어 본격적으로 시작된 '성의 혁명'은 30년의 세월을 지나 이제 한계점에 도달해 위기를 맞고 있다. 성의 해방을 추구해 온 30년 여정이 결국은 자체 모순에 의해 인간을 섹스의 노예로 전락시키며 새로운 모색을 강요하고 있는 것이다. 인간은 '섹스의 횡포'에 굴복하고 말 것인가?

　과거도 미래도 거부하는 현재 중심주의적 섹스의 향연이 낳은 딜레마, 무자비한 거대 자본주의 시장이 성의 상품화를 통해 가속화시키는 그 딜레마를 어떻게 극복할 것인가? 저자는 역사 속에 나타난 다양한 큰 문화들을 고찰하고, 관련된 모든 학문들을 끌어들이면서 폭넓게 성 문제를 조명하고 있다.

東文選 現代新書 129

번영의 비참

— 종교화한 시장 경제와 그 적들

파스칼 브뤼크네르 / 이창실 옮김

'2002 프랑스 BOOK OF ECONOMY賞' 수상
'2002 유러피언 BOOK OF ECONOMY賞' 특별수훈

번영의 한가운데서 더 큰 비참이 확산되고 있다면 세계화의 혜택은 무엇이란 말인가?

모든 종교와 이데올로기가 붕괴되는 와중에 그래도 버티는 게 있다면 그건 경제다. 경제는 이제 무미건조한 과학이나 이성의 냉철한 활동이기를 그치고, 발전된 세계의 마지막 영성이 되었다. 이 준엄한 종교성은 이렇다 할 고양된 감정은 없어도 제의(祭儀)에 가까운 열정을 과시한다.

이 신화로부터 새로운 반체제 운동들이 사람들의 마음을 사로잡는다. 시장의 불공평을 비난하는 이 운동들은 지상의 모든 혼란의 원인이 시장에 있다고 본다. 그러나 실상은 그렇게 하면서 시장을 계속 역사의 원동력으로 삼게 된다. 신자유주의자들이나 이들을 비방하는 자들 모두가 같은 신앙으로 결속되어 있는 만큼 그들은 한통속이라 할 수 있다.

그렇다면 우리가 벗어나야 하는 것은 자본주의가 아니라 경제만능주의이다. 사회 전체를 지배하려 드는 경제의 원칙, 우리를 근면한 햄스터로 실추시켜 단순히 생산자·소비자 혹은 주주라는 역할에 가두어두는 이 원칙을 너나없이 떠받드는 상황에서 벗어나야 한다. 일체의 시장 경제 행위를 원위치에 되돌려 놓고 시장 경제가 아닌 자리를 되찾아야 한다. 이것은 우리 삶의 의미와도 직결되는 문제이기 때문이다.

파스칼 브뤼크네르: 1948년생으로 오늘날 프랑스에서 가장 영향력 있는 에세이스트이자 소설가이기도 하다. 그는 매 2년마다 소설과 에세이를 번갈아 가며 발표하고 있다. 주요 저서로는 《순진함의 유혹》(1995 메디치상), 《아름다움을 훔친 자들》(1997 르노도상), 《영원한 황홀》 등이 있으며, 1999년에는 프랑스에서 가장 많이 팔린 작가로 뽑히기도 하였다.

東文選 文藝新書 188

하드 바디
— 레이건시대 할리우드 영화에 나타난 남성성

수잔 제퍼드
이형식 옮김

《하드 바디》는 어떻게 해서 강인한 몸을 가진 남성 주인공들이 화면을 채우게 되었는가를 통찰력 있게 보여 주는 저서이다. 람보, 터미네이터, 존 매클레인, 로보캅과 같은 하드 바디 남성들은 미국을 공격하는 국내와 국외의 적들에게 미국의 강인함을 몸으로 보여 준다. 하드 바디는 레이건 정부가 악마로 규정했던 소련을 비롯하여 외국 테러리스트와 외국 경제력의 위협으로부터 미국을 지켜내며, 국내적으로는 마약 사범과 동성애자 등 미국의 전통적인 가치를 위협하는 소프트 바디를 처단한다.

'문화제국주의'의 첨병 역할을 하는 영화는 가장 민감하게 시대의 정신을 반영하는 매체 중 하나이다. 어느 특정 시대에 어떠한 영화 장르가 인기를 끄는 것은, 그 장르가 그 시대 사람들의 집단적인 욕망을 충족시키고 그들의 열망을 효과적으로 반영하기 때문이다. 한때 가장 미국적인 영화 장르였던 서부 영화의 흥망성쇠를 추적해 보면 이것을 잘 알 수 있다.

1980년대는 많은 면에서 1950년대와 유사점을 공유하고 있다. 아이젠하워가 통치한 8년간의 극우 보수적 분위기, 냉전 체제의 고착과 매카시즘, 그리고 한편으로는 경제적인 안정과 베이비 붐 세대의 부상, 핵가족에 근거한 전통적인 미국적인 가치의 찬양 등의 1950년대의 현상은 1981년에 취임한 레이건이 돌아가고자 했던 사회였다. 민권 운동, 페미니즘, 청년들의 반문화 운동, 베트남 전쟁 등이 전통적 백인 남성 위주의 사회 질서에 도전을 가하기 전의 평온하고 목가적인 소도시 미국 사회로 돌아가기를 원했던 것이다. 이러한 열망은 1980년대에 등장한 1950년대를 다룬 영화들로 표현되었다. 레이건은 베트남 전쟁의 패배로 만신창이가 된 미국의 자존심 또한 다시 일으켜 세우고 싶었고, 판타지 속에서나마 승리를 거두고 싶었던 열망은 《람보》를 비롯한 자위적인 영화로 표현되었다. 이들 영화의 성공은 승리하는 미국의 이미지에 미국 국민들이 얼마나 굶주려 있었는지, 이것을 80년대의 영화들이 어떻게 충족시켜 주었는지 보여 준다. 아이젠하워처럼 레이건도 두 번의 임기 동안 재임했고, 그 자리를 아들 격인 부시에게 넘겨 주었다.

東文選 文藝新書 182

이미지의 힘
— 영상과 섹슈얼리티

아네트 쿤 / 이형식 옮김

 이 책은 포르노그라피의 미학과 전략, 그리고 그것을 소비하는 관람자의 욕망과 심리분석에서 탁월한 통찰력을 보여 준다. 남모르게 찍힌 듯이 제시된 사진이 어떻게 관음증적인 욕망을 부추기는지, 초대하는 시선이 어떻게 죄책감을 상쇄하는지, 하드코어에서는 왜 육체가 파편화될 수밖에 없는지의 문제는 요즘처럼 인터넷에서 포르노사이트가 범람하고, 거의 모든 광고에서 포르노그라피의 전략들이 채택되고 있는 오늘날의 이미지를 분석적인 시선으로 이해하는 데 많은 도움을 줄 것이다.

 이 도발적인 글 모음에서 아네트 쿤은 다양한 영화와 스틸 사진을 분석하고 있다. 쿤은 문화적으로 지배적인 이미지와 그것의 작용 방식에 대해 탐색하며 의견을 개진한다. 기호학과 마르크스주의-페미니스트 분석, 문화 연구와 역사적 방법을 아우르면서 쿤은 시각적 재현과 섹슈얼리티, 성적인 차이, 여성성과 남성성이 어떻게 구축되는가, 도덕성과 재현 가능성의 개념이 어떻게 실제 이미지를 통해 생산되는가를 둘러싼 문제를 연구한다.

 삽화가 들어 있는 이 책에는 여자의 '글레머' 사진과 '다큐멘터리' 사진, 포르노그라피, 할리우드 영화의 하나의 주제로서 복장전도에 관한 글들이 포함되어 있다. 이 책은 또한 검열과 하워드 혹스의 〈빅 슬립〉을 논의하고, 무성 영화 시대에 성행했던 장르—— '건강 선전 영화'——에서 도덕성과 섹슈얼리티 구축 문제를 다루고 있다.

 아네트 쿤은 영화 이론, 영화사, 그리고 페미니즘과 재현에 대한 글을 널리 발표했다. 그녀는 현재 글래스고대학교에서 영화와 텔레비전을 강의하고 있으며, 《스크린》지의 편집자이다.

東文選 文藝新書 243

행복해지기 위해
무엇을 배워야 하는가?

알랭 우지오 [외]
김교신 옮김

아니, 행복해지는 법을 배울 수 있기라도 한 것일까? 행복하지 않다면 그 인생은 실패한 인생이란 말인가? 그리고 실패한 인생은 불행한 인생이고, 이는 아니 삶만 못한 것일까? ……현대인들은 과거의 그 어떤 조상들이 누렸던 것보다도 더한 풍족함 속에서도 끊임없이 '행복에 대한 강박증'에 시달린다. 행복은 이제 의무이자 종교이다. "행복하라, 그렇지 않으면……."

프랑스 개혁교회 목사인 알랭 우지오의 기획 아래 오늘날 프랑스에서 가장 영향력 있는 22명의 각계 유명인사들이 모여 '행복해지는 법'에 대한 지혜를 짜모았다.

- ■ 실패로부터 이익을 끌어낼 수 있을까?
- ■ 고통은 의미가 있을까?
- ■ 행복해지는 법을 배울 수 있을까?
- ■ 신앙은 삶에 도움을 줄 수 있을까?
- ■ 자신의 감정을 두려워해야 할까?
- ■ 더 이상 희망이 없을 땐 어떻게 살아야 할까?
- ■ 타인을 받아들이는 법을 배울 수 있을까?
- ■ 자기 자신을 사랑하는 법을 배울 수 있을까?

마지막으로 알랭 우지오는 행복해지기 위한 세 가지 기술을 제시한다. 먼저 신뢰 속에 살아 있다는 느낌, 그 다음엔 태평함과 거침없음, 그리고 마지막으로 삶에 대한 단순한 사랑으로 '거저' 사는 기쁨. 하지만 이 세 가지 중에서 가장 중요한 것은 변명도 이유도 없는 것에 대한 사랑, 삶에 대한 사랑이다.

東文選 文藝新書 201

기식자

미셸 세르
김웅권 옮김

초대받은 식도락가로서, 때로는 뛰어난 이야기꾼으로서 주인의 식탁에 앉아 식사를 하는 자가 기식자로 언급된다. 숙주를 뜯어먹고 살고, 그의 현재적 상태를 변화시키고 그의 생명을 위태롭게 하는 작은 동물 또한 기식자로 언급된다. 끊임없이 우리의 대화를 중단시키거나 우리의 메시지를 차단하는 소리, 이것도 언제나 기식자이다. 왜 인간, 동물, 그리고 파동이 동일한 낱말로 명명되고 있는가?

이 책은 우선 이러한 질문에 대한 대답으로서 이미지의 책이고 초상들의 갤러리이다. 새들의 모습 속에, 동물들의 모습 속에, 그리고 우화에 나오는 기이한 모습들 속에 누가 숨어 있는지를 알아서 추측해 볼 필요가 있을 것이다. 크고 작은 동물들이 함께 식사를 하는데, 그들의 잔치는 중단된다. 어떻게? 누구에 의해? 왜?

미셸 세르는 책의 마지막에서 소크라테스를 악마로 규정한다. 이 소크라테스의 초상에 이르기까지의 긴 '산책'이 기식자라는 화두를 중심으로 펼쳐진다. 세르는 기식의 논리를 라 퐁텐의 우화로부터 시작하여 성서·루소·몰리에르·호메로스·플라톤 등의 세계를 섭렵하면서 펼쳐내고 있다. 뿐만 아니라 그는 경제학·수학·생물학·물리학·정보과학·음악 등 다양한 분야를 끌어들여 기식의 관계가 모든 영역에 연결되고 있음을 드러낸다. 특히 루소를 기식자의 한 표상으로 설정하면서 그가 주장한 사회계약론의 배면을 그의 삶과 관련시켜 흥미진진하게 파헤치고 있다.

기식자는 취하면서 아무것도 주지 않는다. 말·소리·바람밖에 주지 않는다. 주인은 주면서도 아무것도 받지 않는다. 이것이 불가역적이고 되돌아오지 않는 단순한 화살이다. 그것은 우리들 사이를 날아다닌다. 그것은 관계의 원자이고, 변화의 각도이다. 그것은 사용 이전의 남용이고, 교환 이전의 도둑질이다. 우리는 그것으로부터 기술과 사업, 경제와 사회를 구축할 수 있거나, 적어도 다시 생각할 수 있다.

東文選 現代新書 96

근원적 열정

뤼스 이리가라이

박정오 옮김

뤼스 이리가라이의 《근원적 열정》은 여성이 남성 연인을 향한 열정을 노래하는 독백 형식의 산문시로 이루어져 있다. 이 글에서는 여성이 담화의 주체로 등장하지만, 남성 중심으로 이루어진 현존하는 언어의 상징 체계와 사회 구조 안에서 여성의 열정과 그 표현은 용이하지도 자유로울 수도 없다.

따라서 이리가라이는 연애 편지 형식을 빌려 와, 그 안에 달콤한 사랑 노래 대신 가부장제 안에서 남녀간의 진정한 결합이 왜 가능할 수 없는지를 역설적으로 보여 주려 애쓴다. 연애 편지 형식의 패러디는 기존의 남녀 관계에 의문을 제기하고 교란시키는 적절한 하나의 전략이 되고 있는 것이다.

서구의 도덕적 코드가 성경 위에 세워지고, 신학이 확립되면서 여신 숭배와 주술은 주변으로 밀려났다. 이리가라이는 그 뒤 남성신이 홀로 그의 말과 의지대로 우주를 창조하고, 그의 아들에게 자연과 모든 피조물을 통치하게 하는 사고 체계가 형성되면서 여성성은 억압되었다고 지적한다. 또한 그녀는 남성신에서 출발한 부자 관계의 혈통처럼, 신성한 여신에게서 정체성을 발견하고 면면히 이어지는 모녀 관계의 확립이 비로소 동등한 남녀간의 사랑과 결합을 가능케 해준다고 주장한다.

이리가라이는 정신과 육체의 이분법적인 서구 철학의 분류에서 항상 하위 개념인 몸이나 촉각이 여성적인 것과 연관되어 있다는 점을 인식하고 타자로 밀려난 몸에 일찍부터 주목해 왔다. 따라서 《근원적 열정》은 여성 문화를 확립하는 일환으로 여성의 몸이 부르는 새로운 노래를 찾아나선 여정이자, 여성적 글쓰기의 실천 공간인 것이다.

東文選 現代新書 81

영원한 황홀

파스칼 브뤼크네르

김웅권 옮김

"당신은 행복해지기 위해 사는가?"

당신은 왜 사는가? 전통적으로 많이 들어온 유명한 답변 중 하나는 "행복해지기 위해서 산다"이다. 이때 '행복'은 우리에게 목표가 되고, 스트레스가 되며, 역설적으로 불행의 원천이 된다. 브뤼크네르는 그러한 '행복의 강박증'으로부터 당신을 치유하기 위해 이 책을 썼다. 프랑스의 전 언론이 기립박수에 가까운 찬사를 보낸 이 책은 사실상 석 달 가까이 베스트셀러 1위를 지켜내면서 프랑스를 '들었다 놓은' 철학 에세이이다.

"어떻게 지내십니까? 잘 지내시죠?"라고 묻는 인사말에도 상대에게 행복을 강제하는 이데올로기가 숨쉬고 있다. 당신은 행복을 숭배하고 있다. 그것은 서구 사회를 침윤하고 있는 집단적 마취제다. 당신은 인정해야 한다. 불행도 분명 삶의 뿌리다. 그 뿌리는 결코 뽑히지 않는다. 이것을 받아들일 때 당신은 '행복의 의무'로부터 해방될 것이고, 행복하지 않아도 부끄럽지 않게 될 것이다.

대신 저자는 자유롭고 개인적인 안락을 제안한다. '행복은 어림치고 접근해서 조용히 잡아야 하는 것'이다. 현대인들의 '저속한 허식'인 행복의 웅덩이로부터 당신 자신을 건져내라. 그때 '빛나지도 계속되지도 않는 것이 지닌 부드러움과 덧없음'이 당신을 따뜻이 안아 줄 것이다. 그곳에 영원한 만족감이 있다.

중세에서 현대까지 동서의 명현석학과 문호들을 풍부하게 인용하는 저자의 깊은 지식샘, 그리고 혀끝에 맛을 느끼게 해줄 듯 명징하게 떠오르는 탁월한 비유 문장들은 이 책을 오래오래 되읽고 싶은 욕심을 갖게 한다. 독자들께 권해 드린다. ── 조선일보, 2001. 11. 3.

東文選 現代新書 50

느리게 산다는 것의 의미
1, 2, 3

피에르 쌍소

김주경 옮김

"삶의 길을 가는 동안 나 자신을 잃어버리지 않을 수 있는 능력과 세상을 받아들일 수 있는 능력을 확고히 심어주는 책"

우리에게 다가오는 사건을 기쁘게 받아들일 수 있는 능력을 갖기 위해서 필요한 지혜가 있다. 그것은 갑자기 달려드는 시간에게 허를 찔리지 않고, 허둥지둥 시간에게 쫓겨다니지도 않겠다는 분명한 의지로 알 수 있는 지혜이다. 우리는 그 지혜를 '느림'이라고 불렀다.

느림은 우리에게 시간에다 모든 기회를 부여하라고 속삭인다. 그리고 한가롭게 거닐고, 글을 쓰고, 타인의 말에 귀를 기울이고 휴식을 취함으로써 우리의 영혼이 숨쉴 수 있게 하라고 말한다. 여기서 문제되는 느림 또는 고요함은 세계에 접근하는 방식의 문제이다. 그것은 빠른 속도로 박자를 맞추지 못하는 무능력을 의미하는 것이 아니라 서두르지 않는 의지, 시간이 뒤죽박죽되도록 허용치 않는 의지, 그리고 사건들을 대하는 능력을 배양하는 것과 우리가 어느 길에 서 있는지 잊지 않는 것을 의미한다. 물론 과업은 시간성을 어긋나게 하거나 우리의 생에서 가장 본질적이고 중요한 것을 잊게 하지 않는다면, 어느 정도 들볶이거나 바쁘기도 하면서 우리에게 더 유익하게 다가올 수도 있는 것이다. '느림'과 '빠름'은 가치 비교의 문제가 아니라 선택의 문제라는 것이다.

책은 마치 천천히 도심을 거니는 게으름뱅이의 일기처럼 쉽고 편안하게 씌어져 있다. 누구나 한번쯤은 생각해 봤을 법한 '우리는 왜 이렇게 살고 있는 것일까'란 보편적인 주제를 다룬다.